Животът е прекрасен

Митали: Femme Du Monde

Translated to Bulgarian from the English version of

Life is Beautiful

Деваджит Бхуян

Ukiyoto Publishing

Всички глобални права за публикуване се държат от

Ukiyoto Publishing

Публикувана през 2023 г

ISBN 9789359209616

Това е художествена измислица. Имена, герои, фирми, места, събития, местности и инциденти са или продукти на въображението на автора, или използвани по фиктивен начин. Всяка прилика с действителни лица, живи или мъртви, или действителни събития е чисто съвпадение.

всеотдайност

Посветен на съпругата ми, покойната Митали Бхуян, която водеше красив живот и се опита да направи света красиво, изискано място за всички чрез непрекъснатите си усилия.

Съдържание

Животът е прекрасен

Животът е прекрасен
Така че бъдете весели
Препятствията са болезнени
Бъдете винаги внимателни
Научете се да бъдете сръчни
Светът е прекрасен
Природата е радостна
Не бъдете вредни
Никога не действайте умишлено
Бог е почитаем.

Животът не е виртуален

Животът не е виртуален
Винаги е актуален
Безплатна храна няма
Имаме нужда от сделка за оцеляване
В противен случай гладът ще убие
Виртуалният живот ни прави самотни
Рядко се срещайте и прегръщайте приятели
Не можем да вървим смело напред
Животът е само преминаване на времето
По-добре живей живота наистина.

Животът е прост

Животът е много прост
Придружавайте с хора
Щастието ще е тройно
Не позволявайте на другите да осакатяват
Усмихни се с трапчинката си
Ако правите живота си комплексен
Ще бъдете нещастни в дуплекс
Навсякъде ще се объркате
По-добре да стане симплекс
Нямайте твърде много приятелки Бивш.

Животът е невероятен

Животът е невероятен
Светът е очарователен
Вселената е вдъхновяваща
Няма нужда от проверка
Направете си синхронизация
Хората са разнообразни
Не се опитвайте да разговаряте
Разнообразието, което трябва да запазим
Твоята любов, която всички хора заслужават
Усмивката е вашият безплатен резерв.

Красотата на живота

Красотата на живота е неговата несигурност
Приемете го с благодат и смирение
Никога не намалявайте своята честност, почтеност
Смъртта е окончателна, животът е комплимент
В пътуването губим съвременници;
Днес може да е последният ден от пътуването
Така че направете красив днешния турнир
Няма нужда да бягате след богатство и пари
Всеки миг може да даде сладък мед
Направете днес слънчев, утре може да е дъждовно.

Животът е красиво събитие

Животът е красиво събитие
Сумиране на много компоненти
Но животът никога не е постоянен
Така че не забравяйте днешното удоволствие
С добри работни места добавете към него добавка
Животът винаги има присъща причина
Променя се като сезона
Не превръщайте красивия живот в затвор
Животът ви не е за сравнение
Вие имате собствена дъга и разграничение
Направете живота си незабравим
Като сезон ще изчезне
Изпълнете всеки момент със забавление
За малък удар няма изгаряне на сърцето
Утре отново можете да бягате.

Същността на живота

Целта на живота е да живееш
Същността на живота е да даваш
За да хванете риба, трябва да се гмурнете
Само храната не е живот
За да подариш рокли, ти трябва жена
Съпругата може да не оцени вашия подарък
Ако дарите за бедни, ще получите помощ
Благотворителността започва у дома е вярно
В противен случай съпругата ще затегне винта
Така че щедрите хора са много малко.

Животът е дал невероятна сила

Животът е странен и удивителен
Ако търсиш, получаваш всичко
Със слепи очи нищо няма да получите
Законът на Нютон наистина казва нещо
Без действие няма полза от чакане
Животът ни е дал невероятна сила
За да се изкачите, постройте своя собствена кула
Дръжте се здраво, когато има силен душ
Използвайте всяка своя минута и час
Удивителният живот в света не е вечен.

Удивителен живот

Животът е невероятен

Започна с една клетка

Еволюцията удари камбаната

Историята, която всички разказваме

Но вирусът все още е ад

Всички животи са направени от еднакви атоми

Кислород, водород, въглерод играйте игра

Железото, калцият, фосфорът и цинкът са важни имена

За живота химическите реакции са виновни

Удивителното е, че най-силното животно е и куцо.

Златно правило на живота

Винаги казвай „да“ на жена си
Това е златното правило на живота
Докато сте сами, правете каквото искате
Вътре вкъщи заглушете микрофона си
Съпругата никога няма да насочи ножа си
Кажете на жена си, тя е красива
Храната, която приготвя е вкусна
У дома животът ви ще бъде весел
С приятели пият алкохол вредно
Кажете на жена си, че пиенето е срамно.

Говорете с вътрешното си Аз

Посещаваме църква, джамия за щастие

Но никога не се опитвайте да премахнете слепотата на ума си

Рядко говорете с нашата вътрешна душа с доброта

Страдаме от болка и ставаме безпосочни

Без резултат нашите молитви стават безплодни

Никой не може да купи щастие чрез дарение

Щастието се нуждае от безпокойство, напрежение, разреждане на алчността

Състоянието на ума може да бъде променено, като слушате вътрешния глас

Посещението на църквата, джамията е само временен избор

Дори в Църквата нечистият ум ще чуе изкривен шум.

Това е твоят живот, направи го

Животът е пълен с възможности

Възможностите са много

След като го изберете

Това е вашият собствен живот

Да го постигнете зависи от вас

Успешните хора са малко

Те знаеха как да изберат

Те подновяват мечтите си

Всеки ден работят с нова идея

Направете или разбийте, можете да направите само вие.

Животът е красива песен

Животът е красива песен
Дайте му своя собствена мелодия
Направете го мелодично
Няма нужда да бъдете сериозни
Твоята песен винаги е ценна
Ако пееш добре песента си
Това е мелодия, която всеки ще каже
В много сърца ще звънне
В света сте дошли за заклинание
С изкривен шум не превръщайте живота в ад.

Животът е въпрос на избор

Животът е пълен с безкрайни възможности
Хиляди весели общности
И все пак няма сигурност на живота
Но изборите са много и ярки
Така че бъдете разумни и изберете правилно;
Изберете грешно, цял живот трябва да се борите
Вятърът може да отнесе вашето летящо хвърчило
Всеки момент тъмнината ще прогони светлината
Може да не се изправите пред
предизвикателствата с мощ
Всеки момент, в който вървите, може да е тесен;
Летете с наличния най-добър полет
Издигнете се на максимална височина
Над облака лети в нощта
Ще преодолее цялото ви затруднение
Животът ще бъде красив и тих.

Целта е да се живее

Единствената цел на живота е да живееш
Колкото усмивка можеш да подариш
Не можем да променим ротацията и революцията
За разрушаването на света няма решение
Философията дава неясна пермутация,
комбинация
Религията не може да докаже съществуването на
Бог в потвърждение
Бог никога няма да определи целта на живота да
убива други
По-скоро той няма да създаде такъв нечестив свят
Така че живей и остави да живееш е лесният
начин да живееш
Винаги давайте с щедрост към човечеството.

Ние всички сме родени свободни

Всяко същество, родено свободно
Но не всички могат да се катерят по дърво
Някои имат крила, за да летят
Под вода някои са срамежливи
Преди да се изправят мнозина умират
Цял живот някой плаче
И все пак всеки иска да докосне небето
На слънце стават пържени
Винаги се опитвайте да бъдете най-силното животно.

Странното пътуване

Странното пътуване на живота
Преминаваме хиляди мили
Преследване на илюзорната синя птица
Но никога не си правете труда да видите задния двор
Синята птица беше свила гнездо отдавна;
Смятаме, че животът ще бъде наред, когато децата пораснат
В търсене на бъдеще, настояще хвърляме
Заедно с децата ние остаряваме
Нашата история може да бъде разказана само на следващото поколение
Бъдещето винаги остава разгърнато;
Потърсете щастието днес у дома
Насладете се на настоящето преди тъмнината
Играйте с децата си, разкажете им историята
На следващата сутрин няма да съжалявате
Сините птичи пилета ще летят край вашата зеленина.

Обикновено живеене

Простият живот може да направи живота лесен

Малкото нещо, което получавате, става задоволително

Малък напредък може да накара лицето ви да се усмихне

За неуспехи няма да започнеш да плачеш

В алчност и глад не умираш

Простият живот няма да унижи достойнството ви

Но мирът и щастието ще бъдат наблизо

Никога в живота няма да се опитате да продадете почтеността си

С истината ще бъдете способни да бъдете солидарни

Простият начин на живот ще засили вашата честност.

Животът е като балон

Всички знаем, че животът е като балон

Все пак винаги се борим за високи постижения

Чрез постижение създаваме вълничка

Осъзнавайки добре, че животът е прост

Преди балонът да се спука, опитайте се да бъдете смирени

Може да полетите много високо, за да докоснете небето

Но дори и един ден трябва да умреш

Никой не знае, смъртта ще дойде днес или утре

Така че, наслаждавайте се на полета си без никакво съжаление и скръб

Когато балонът се спука, мястото в гробището ще бъде тясно.

Само мистерия

Съществуването на Вселената е единствената мистерия
Всичко останало е само следствие;
Вселената може да бъде статична или динамична
Но неговото съществуване е действителният комикс;
Съставките могат да бъдат субатомни
Но размерът на планетите и звездите е гигантски;
Кой, защо и как е създал е въпросът
Никой не може да даде отговор, който да ни задоволи;
Безкрайната граница на по-малко разширяващата се вселена
Но за момент само всички живи същества оцеляват.

Адам и Ева направиха грешката

Адам и Ева направиха грешката

Ние носим кошницата на нещастието

Корона епидемията е най-новата болка

Разпространява се по-бързо от най-бързия

Сега целият свят е в беда

Бедата на епидемията е от незапомнени времена

Появата му изглежда ротационна

Епидемиите ни принудиха да станем
емоционални

Никой човек сега не обича да става социален

Краят на човечеството ще бъде финалът на
болката.

Животът е еднакъв навсякъде

Животът е еднакъв на целия континент
Как живеете е важно и уместно
Същото небе и неделно сутрин слънце
Въпросът е дали е пълно със забавление
Вдишвате същия кислород и пиете вода
Но някои хора живеят комфортно по-добре
Храната се прави от същото жито и ориз
Ваше задължение е да го направите вкусно и
хубаво
Никъде по света няма безплатно хранене
Отношението и работата правят живота пълен със
злато.

Нула

Трудна за разбиране нула
Зад него стои герой
Нулата е ключова в математиката
Важно е и във физиката
При умножение нулата е лоша
При разделянето резултатът е безумен
Добавката никога не се интересува от
присъствието си
При изваждане също няма резонанс
Концепцията за нула, създадена първо в Индия
На изпита получаването на нула означава
последно.

Физика

Природата следва физиката или физиката следва природата
Само Бог може да даде правилния оттовор;
Вселената също следва закона на физиката
Трудно е да се разбере закона на оптиката;
По-лесен е законът на статиката и динамиката
Нютон ни научи на основите на гравитацията;
Айнщайн говори за материя и енергия
Скоростта на светлината е естествената граница;
Познаването на физиката е задължително за твореца
В противен случай той не може да наблюдава вселената.

Химия

Физическите, органичните и неорганичните са еднакви
Това е игра на пермутация и комбинация
Катализаторът носи темата за реакцията
Без катализатор химията е куца
Налягането и температурата не са виновни;
Свързването на атомите се определя от химията
От суровините химията рафинира
Въглеродът, водородът, кислородът правят вина
Химията на тялото е част от нашата биология
То определя и човешката психология.

Математика

Математиката е основната
Без него науката е статична
От нула до девет всички цифри заедно
Броенето е майка на математиката
Събиране, изваждане, деление
Винаги важно умножение
Геометрия, алгебра и тригонометрия
Смятането е важно, а не безплатно
Без математика няма инженерство
Развитието на технологичната математика е в подкрепа
Математиката е най-лесната от всички науки
За изчисляване на аритметика винаги има предвид.

Биология

Далеч от сложната теория на физиката
В тандем с простотата на математиката
Хромозомата на биологичната наука съществува;
Наследствеността е биологичният процес на живота
Чрез размножаването видовете оцеляват
Биологията е любимата съпруга на природата;
От протозои до слон или динозавър
Всички живи същества са биологични познавачи
Опазването на биоразнообразието е необходимост на времето;
Без биологията физика химията няма полза
Математиката също не може да разчита кога мозъкът губи фитила
Биологията възпроизвежда неща за бъдеща муза.

Любовта емоция или болест ли е?

Дали любовта е емоция или болест

С времето се опитва да се увеличи

Празният джоб го принуждава да намалява

Любовта винаги има някакъв престиж

След брака трябва да си купите Huggies

Любовта има много силно магнетично привличане

Това е за удоволствие и удовлетворение

Също така е необходимо за генетично запазване

Когато си влюбен, медицината не може да даде решение

Само кавгата и конфликтът могат да разводнят.

Приятел, който никога не предава

Верният красив спътник

За майстора няма второ мнение

Никога не предавайте любимия си приятел

Чрез любов и грижа той е обвързан

В различни разновидности ще намерите

Винаги ще те поздравява с опашка

Да приветстваме господаря никога не се проваляме

Атакувайте крадеца със зъби и нокти

Готов да отида с теб дори в затвора

Той работи за вас като експресна поща

Най-добрият приятел на човека от дълго време

В миризмата на нещата той е много силен

Неговата почтеност и искреност никога не грешат

Кученцата са весели като песен

Поддържайте ума ни усмихнат и млад.

Слушайте вътрешния си глас

В тишина слушайте вътрешния си глас

Животът ще ви даде по-добър избор

Няма нужда да играете с играчките, които не харесвате

Не можете да чуете вътрешния глас с шум

Животът ще се балансира и вие сте уравновесени

Слушането на вътрешния глас на живота е необходимо

Това ще разшири вашия хоризонт и граница

Разговорът с вътрешното Аз никога няма да ви направи самотен

Ще намерите много нови неща в указателя на живота си

Ако слушате вътрешния глас, това буквално ще промени живота ви.

Как да останем весели?

Чистотата на ума е жизненоважна
Красотата е само виртуална
Дните на младостта са вирусни
Животът всъщност е спираловиден
Пътуването до гробищата е окончателно
Сега всички хора са местни
Никой не може да стане социален
Вътре вкъщи всички са вокални
Да си позитивен вече е фатално
Пречистването на ума ще направи весел.

депресия

При депресия не спирайте
С положителност човек може да се справи
Депресията е само малък наклон
Не го превръщайте в тема за дрога
Можете лесно да разкъсате това тънко въже;
Когато сте депресирани, креативността не се
потиска
Изследването на хобита ще помогне за напредъка
Нови места и нови хора се опитват да впрегнат
Помощта на лекаря също ще даде добър успех
Никога не приемайте депресията като въпрос на
регрес;
Депресията помага за разгръщането на
креативността
Винаги посрещайте депресията с позитивизъм
Боравете с ума си с чувствителност
Отношението ще помогне да се преодолее
съпротивлението
Превърнете депресията в инструмент за
продуктивност.

Убийте депресията, преди тя да ви убие

При нападение от депресия
Умът страда от умствено замърсяване
Животът се бори да се изправи пред компресията си
Психологът дава много предложения
Психиатърът може да даде добри лекарства
Но медицината не е постоянно решение
Решителният ум може само да направи своето размиване
Приятелството е по-добрият заместител на лекарството
За да се победи, беше необходима силна резолюция
Работете с всички пермутации и комбинации
Депресията може да доведе до халюцинации
Към депресията се държат неподчинено.

Любовта към децата е обвързваща сила

Когато изоставиш собственото си дете

Сърцето ви трябва да е много диво

Каквато и да е причината

За детето това е предателство

Детският ум тласнат към затвора

Любовта към децата е обвързваща сила

Това е източникът на приемственост на човечеството

Бог Рама изостави жена си

Но децата му озаряват живота му

Изоставянето на собствения ген е брутален тип.

вяра

Вярата е добър двигател
В живота това е вашият Land Rover
Голямо разстояние, което можете да изминете
Вярата има невероятна сила
Божиите благословии може да обсипе
Вярата в себе си е самоувереността
Помага ви да работите с постоянство
Можете да работите в живота със съдържание
Вашата вяра в живота е ваша собствена наредба
Добросъвестността в живота е най-добрият
случай.

Отидете в градината и викайте

Животът само за храна и секс ли е?

Правителството само за събиране на данъци ли е?

Сега животът гори като восък от свещ

Начинът на живот сега е като остарял факс

Какво да спечелите или загубите, ако дните станат максимални?

Първоначално броихме лошите дни

Сега изобщо не се вълнувам да видя сутрешните лъчи

Не е сигурно колко месеца да броим

Може да се наложи да броим години също е под съмнение

За да намалите разочарованието, отидете в градината и викайте.

Време за тестване

Времето за изпитание на човечеството
Хората са решени
Устойчивост за закрепване
Увереност, която трябва да бъде закрепена
Подписан акт срещу вирус
Човече, никога не приемай поражението
Епидемиите могат да се повторят
С ваксина човек ще лекува
Смъртоносен удар антитяло ще удари
Covid19 ще се оттегли.

Аз съм нищо

На този свят аз съм нищо

Така че винаги се опитвайте да направите нещо

Пътуването на живота не е само хранене

Всяко спиране прави среща

Но никога не изневерявайте

Не губете време в седене или сън

По-добра работа за преподаване на деца на улицата

За удоволствие направете красива картина

Участвайте в разпространението на знания

Един ден обществото ще каже, че сте добро нещо.

Айнщайн

Бавно и стабилно печели състезанието

Айнщайн не е бил с красиво лице

Веднъж му беше отказан прием

Но въображението му беше голямо

Така че той може да намери решение на проблемите

Двойственост на материята и енергията на природата

Продължава от сътворението завинаги

Опростявайки го, Айнщайн промени културата

Относителността е естествено нещо, познато на хората

Със своята теория Айнщайн го опростява.

Блокирайте

Когато гневът ти се разтърси
Някой, когото блокирате
Комуникацията, която заключвате
В бъдеще не можете да говорите
Това не е добра работа
По-добре го игнорирайте
Думите му ще станат мрачни
За да те удари, той няма да се закачи
Той ще осъзнае греха си
Да бъде приятелски настроен, той ще бъде запален.

Лъч надежда

Винаги се опитвайте да гледате сребристата линия

Дори и в най-лошата ситуация ще се оправите

Можете да видите винарната в лозата

Отношението добавя аромат и вкус към виното

В сребърна подплата остава топ номер девет

Ако можете да видите сребърна подплата в тъмнината

Скоро ще видите голям успех

Сребърната подплата е пътят към прогреса

Много хора не го виждат по време на дистрес

Опитайте се да забележите сребърна линия с доброта.

Нищо не е в ръцете ни

Вече нищо не е в нашите ръце
Дезинфектантът е нашият най-добър приятел
Миенето на ръцете е тенденция
Навиците, които трябва да коригираме
Mask е популярната марка
Измиваме ръцете без стреличка
Това доказва, че не сме умни
Нов начин на живот, който сме принудени да започнем
Само храна, лекарства, необходими в нашата количка
Всички останали неща в света изглежда са флирт.

Какво е Бог

Мистерията на живота е Бог

Той живее дори с малко куче

Бог е най-здравият железен прът

За да се движи, Вселената се нуждае от неговото кимване

Той спасява по-слабия по време на коефициент

Бог е двойствеността на енергията и материята

Чрез еволюцията той прави света по-добър

За човечеството той се смята за баща

Той може да затвори времето в утробата като майка

При създаването на вселената той е предвестникът.

Божията милост

Истинност, ненасилие и честност

Заедно с тях вървете по пътя на амнистията

Ще станете добър член на обществото

Над борда ще бъде вашата почтеност

Няма нужда да следвате религиозните дребни неща

Когато вашата почтеност е над борда

Пътуването на живота ще бъде по гладкия път

С религиозните ритуали няма нужда да търсите Бог

Добрите дела и чистотата на ума са преди всичко

От Божията благодат никога няма да паднете.

Всеки индивидуален въпрос

Всеки индивид в живота има значение
По-добре е да ги посрещнете с усмивка
Това ще направи живота ви по-широк
Пътуването на живота ще бъде по-лесно
Връзките са скрито съкровище
Хората, които пренебрегвате, може да са важни
В бъдеще той може да стане най-значимият
Усмивката, която му подарихте, ще се върне
Сърцето му твоята стара усмивка лесно ще разбие
Винаги се усмихвайте на хората за връщане на подаръчен пакет.

Бъда благодарен

В момент на радост забравяме да сме благодарни

За дългосрочни постижения е вредно

Пренебрегването на поддържащата ръка е срамно

Ако забравиш, че приятелите ти са весели

Един ден очите ви може да се насълзят

За всяка малка подкрепа, помогнете да кажете благодаря

Ще получите много надеждни нови приятели

Благодарността ще направи възгледа ви приемлив

В обществото вашите критици ще бъдат ограничени

Благодарните хора блестят като планинска роса.

Харем

Жените са държани принудително в затвора

По всяко време всеки може да забие

В сянката на религията тя плава

Модерността не успя да дерайлира

Обществото трябва да повдигне религиозното було

Някои мъже-шовинисти все още се радват

В харема равенството между половете се проваля

Публичният дом и харемът са двете страни на монетата

Много красиви животи принуди да съсипе

На женствеността харемът винаги ще причинява болка.

Изхвърлете страха

Ако можем да изхвърлим страха
Приятелите отново ще бъдат близо
Заедно живот можем да развеселим
Без съмнение животът е много скъп
Сега трябва да поставим предни съоръжения
Животът не може да бъде заключен за дълго
Нашето мислене трябва да стане силно
Ако станем смели, няма нищо лошо
Болестите винаги ще вървят напред
Изхвърлете страха със сладка песен.

Кажете не на вредните храни

За да направите имунитета си добър
По-добре е да ядете естествена храна
За здравето нездравословните храни са груби
Доброто здраве сега е ваша гордост
Ще бъдете в безопасност сред тълпата на пазарите
Синтетичните храни разрушават здравето ни
В болница харчим богатството си
Пестицидите унищожават черния ни дроб
Лесно изпадаме в Корона треска
С органични храни засищайте глада си.

Нужда и алчност

Covid19 ни научи, че имаме ограничени нужди

Повечето от нещата, които искаме, са нашата алчност

Време е за разпространение на семената за ограничаване

Човечеството ще премине към друга порода

Ще успеем да изкореним гладната трева

Алчността е причината за повечето нещастия

Винаги се опитваме да напълним трезора и съкровищницата си

Трябва винаги да има ограничена траектория

Храната, дрехите, подслонът и любовта са граница

Ако можете да различавате, вие сте мечтател.

уважение

Уважението не е въпрос на право

За да го спечелите, миналото ви трябва да е светло

С други хора не се карайте

Винаги разпространявайте честност и светлина

Не тормозете другите със силата си

Уважението винаги е реципрочно

С почтеност трябва да сте социални

За да получите уважение, не е необходимо да сте гласовити

Може да мислите глобално, но работете локално

За уважение характерът трябва да е тотален.

Публичната критика е добра за правителството

Имаме право да критикуваме правителството

При демокрацията никое правителство не е постоянно

Министрите са само временни държавни служители

За да спечелят следващите избори, те трябва да бъдат жизнени

При всички избори обществената воля е от значение

Обществената критика е за добро управление

За общественото мнение няма нужда от съпротива

Задължение на правителството е да работи с постоянство

Критикуването на правителството не е в подчинение

Чрез критиката хората търсят решение на проблема си.

Не чакайте утре

Не чакайте да се насладите на живота утре
Утрешният ден може да ви донесе скръб
Пари, които може да се наложи да заемете
Лети днес в небето като врабче
Пази утрешния ден, за да се усмихваш и растеш
Днес е най-доброто време за празнуване
Интегрирайте се с приятели и семейство
Този прекрасен ден не е за съжаление
За да направите утрешния ден по-добър,
направете цел
Радостта на днешния ден няма да забравите.

Всеки човек е вътрешно добър

Всеки човек е вътрешно добър
Ситуацията принуди да промени настроението
Хората стават корумпирани заради храната
За оцеляване секат горски дърва
През зимата човек не може да оцелее гол
Гладът кара човека да бъде егоист
Обикновеният човек не може да хване прясна риба
Без пари празно ястие ще бъде
Несигурността е причина за корупция
За това социалното осигуряване е решение.

Честността е скъпа

Честността и почтеността струват скъпо

Те са по-скъпи от пръстена с диманти

Най-голямото удовлетворение, което могат да донесат

С чисто сърце можете лесно да пеете

Можете да живеете холистичен живот като крал

Бедните и алчните не могат да си позволят честност

Честните хора могат да ги амнистират

Поквареният човек е способен и на благотворителност

Те няма да бъдат с паритета на честните хора

Честният човек винаги ще триумфира с яснота.

прошка

Прошката е добра природа

Можете да освободите психическия натиск

Освен това ви доставя огромно удоволствие

Направете прошката свое съкровище

Това е стойност, която никой не може да измери

С прошката си по-добро същество

В щастие можете да прекарате свободното си време

За отмъщение нямаш никакво желание

Сега прошката за един ден е много рядка

С прошка нека поемем грижата на обществото.

Сблъскване

Срещата на политика е криминална

Срещата с престъпниците е политическа

Но срещата с престъпник е от полза

Елиминирането на лошите елементи е социално

И все пак всички срещи са извънсъдебни

Понякога близките срещи са трети вид

С трети човек жена ви ще намери

Този тип среща няма нищо против

В противен случай вашите глави може да се
развият

Семейният живот ще бъде труден за обвързване.

Кого да обвинявам?

Съществуването ни в този свят е случайно

За да оцелеем, ние сме принудени да бъдем социални

За да покажем нашето съществуване, ние ставаме гласови

Но храната, дрехите и подслонът винаги са на фокус

Без жена и деца животът не е пълен;

Не знаем откъде, защо сме дошли

Това е напълно неизвестна универсална игра

Съществуването ни също е несигурно и куцащо

И все пак се борим трудно за име и слава

За съществуването и мизерията кого да виним?

Усилията за оцеляване трябва да бъдат собствени

Препятствията са трамплин

В живота трябва да се движиш сам

Ти не си ничий клонинг

Така че, укрепете гръбнака си

Направете тона на говорене силен

Горната позиция е като конус

Той е много склонен да дърпа крака

Усилията за оцеляване трябва да бъдат собствени

В противен случай позицията ви ще бъде
износена

За вашия провал никой няма да скърби.

Кажи извинявай

Когато казваме съжалявам
Затваряме историята
Грешката, която не носим
Всички стават весели
Кажете съжалявам, за да избегнете безпокойството
Съжалявам, спрете спора в зародиш
Не е нужно да ходите по кал
На обяд се насладете на изварата си
Извиняването е добро отношение
Никога няма да станеш груб.

Насладете се на работата си

Когато се наслаждаваме на работата си
Става вкусно като свинско
Може лесно да премахне тапата
Красиво става вилицата
Проблеми, които можем да отключим;
Насладете се на работата си от сърце
Всеки ден можете да направите добро начало
Лесно можете да носите количката си
Няма да усетите работеща мръсотия
Всеки ще каже, че си умен.

Призрак

Виждали ли сте някога призрак?
Но много хора се страхуват най-много
В страха бяха загубени много животи
За магьосничеството хората плащат цена
За призрака умът е домакин
Страхът от Covid19 е реален
Но да станеш призрак е неестествено
Страхът от Корона е опасен
В обществото въздействието му ще бъде сериозно
Не му позволявайте да стане известен като призрак.

Ден на приятелството

В живота са необходими добри приятели
Днес им благодарете безплатно
Не можем да живеем сами и уединени
Добрите приятели са бижу в сърцето ни
Най-добрият приятел е неразделна част от живота
Когато плачем, конзолата на добрите приятели
При справянето с проблема те играят роля
Не позволявайте на недоверието да направи дупка
В приятелството ще вкара самоубийствен гол
Когато се съмнявате, обадете се на приятеля си.

Истински приятел

Истинският приятел никога няма да забие нож в гърба ти

Те няма да се опитат да наблюдават вашата следа

За това, че имате добро приятелство недоверие пакет

За да продължите връзката, принудете другите да опаковат багажа

Вашият приятелски враг винаги ще се опитва да хакне

Приятелството е взаимно разбиране и уважение

Ако е едностранно, скоро друго ще отвлече вниманието

Никога не използвайте приятелството за собствените си интереси

Да работим за взаимен интерес и изгода е най-добре

Когато имаш малко добри приятели, умът ще е спокоен.

Пералня

Почистването на дрехи вече е лесно
Хората имат време да бъдат заети
Дните на жените стават розови
Пералнята е уютна притурка
По-рано прането на дрехи беше кофти
Пералнята помага
В други дейности можем да отделим време
За да перем дрехи, не е нужно да се навеждаме
За човешки комфорт това е добра тенденция
Пералнята е наш верен приятел.

Работим усилено за име и слава

Работим усилено за име и слава
Играта е ограничена само за печелене на храна
Желанието за комфорт носи вината
Без име в живота сме куци
В общество без слава ние изпитваме срам
Само парите не могат да задоволят човешкото его
За видимост в живота човек се нуждае от лого
Всеки иска да бъде като Виктор Юго
За да бъдат популярни, хората стават пого
За славата хората могат да извървят дълъг път.

Бъдете глухи за успех

В живота за успех и напред
Направете двете си уши временно мъртви;
Дръж си устата затворена, докато стигнеш върха
Хората ще се опитат да провалят пътуването ви;
Ако си глух, по средата няма да спреш
Всички критики, с които можете лесно да се
изправите и да се справите;
Гледай напред и продължавай напред, не слушай
другите
Критиците никога няма да насърчат като майка ви;
След като стигнете до върха, критиците ще
ръкопляскат повече
Можете да чуете добри думи от техния магазин.

Горкият човек няма възраст

Бедният човек няма възраст
Цял живот живей в клетка
Получава само минимална заплата
Елитната класа им кажи дивак
Животът за бедните е само спасение;
Всеки ден сърцето се уврежда
Понякога протестирайте, за да отмъстите
След това организирайте съболезнования и
поклонения
На следващата сутрин пак нося чужд багаж
Животът на бедния човек е само празна страница.

Не преследвайте красотата

Защо да преследвате дъга
Насладете се на красотата от вкъщи
Това е само виртуален купол;
Ако гоните пеперуда, тя ще полети
Когато хванеш, от болка то ще плаче
По-добре се насладете на красотата, седейки
срамежлив;
В мехурчетата също се виждат седем цвята
Все още да хванем дъгата, всички желаещи
Красотата и щастието остават невиждани.

Е равно на МС^2(МС квадрат)

Преобразувайте енергията в материя
Напълняването ни прави по-дебели
Преобразувайте материята в енергия
Изгаряйте телесните си мазнини за синергия
Преобразувайте енергията в енергия
Никой не може да унищожи никаква негова форма
Само чрез преобразуване остават годни;
Вселените нямат цел
Освен процеса на преобразуване
В противен случай в творението ще започне почивка
Целта на живота не може да бъде по-горе
Мистерията, която няма обяснение, не може да разреши
Така че яжте, пийте, наслаждавайте се, не се опитвайте да решавате
Смъртта чака да се преобрази, носейки ръкавицата си.

Харчете, когато имате максимум

При раждането разполагате с максимално време
Всеки момент, който сте длъжни да прекарате
На всеки един момент можете да изпратите
За пари нито един момент не можете да продадете
Не скоростта на времето, която можете да коригирате;
Докато се движите, вашият времеви баланс намалява
Времето няма да спре дори нищо, което произвеждате
Но бавно към смъртта времето ще съблазни
Насладете се на детството и младостта, когато балансът е максимален
След като остареете, ще бъдете принудени да харчите оптимално.

Защитете славата си

Веднъж изгубил славата си
Хората ще разкажат различни истории
Тогава вие сте бивни без слонова кост
Всеки ден трябва да се изправяте пред въпрос
Така че вашите гордости винаги внимателно се носят
Може да си всеки Том, Дик или Хари
И все пак може да имате своя собствена слава
За да го защитите, няма нужда да съжалявате.

Самоубийство, гол в засада

Самоубийството е гол в засада
Винаги го карайте да отслабва
Не го обсъждайте край пътя
С приятели застанете до него
Отново самоубийство силно реши;
Самоубийството е акт на слаб ум
Да живееш положително отношение намери
Бъдете винаги мили към хората
Купчината скръб бързо се отвива
Виждайки, че негативните хора стават слепи;
Самоубийството е психическа болест на слабите
хора
Изхвърлянето на склонността към самоубийство е
лесно
Никога не се притеснявайте, дори лицето ви да е
пълно с пъпки
Не ревнувай за трапчинката на другите
Водете живота си както искате, без да се
притеснявате за пулсациите.

Бъди смел

В живота никога не съм бил смел
Толкова много неща остават неразказани
Всичко време само се разгръща
Неща, които харесвам, не можех да поддържам
Житейската ми съдба и съдба плесен;
Бъдете силни и смели, преди да остареете
В противен случай вашият роман ще остане
непродаден
Вашата любовна история никой няма да задържи
Животът ще бъде сух и студен
Спомнете си любовта си, която беше злато.

любов

Любовта е мека като масло
Винаги харесва по-плоско
Има значение прегръдката или целувката
С топлина се топи по-добре
Лесно стават твърди като вода;
Любовта е твърда като диамант
И все пак е вкусен като бадем
Навсякъде ценен като паунд
Истинската и чиста любов никъде да не се намери
Хората тичат след любовта наоколо.

Извънбрачна любов

Тревата от другата страна винаги е по-зелена
Жената на съседа е красива и по-слаба
Момичето по улиците изглежда по-умно
В сърцето им усмивките могат да създадат гръм
В семейния живот извънбрачната любов е грешка;
Животът със съпругата става монотонен
Човекът е животно, известно като полигамно
Нито една жена не е моногамно животно
Извънбрачната любов е прозорецът щедър
Въпреки че за семейния живот е много опасно.

Отмъщение

Основният инстинкт на обикновения човек е
отмъщението
С доброта можете лесно да се промените
Отмъщението запалва ума за глупаво нещо
Но отмъщението може да доведе до големи
разрушения
Помнете Исус, когато звъни камбаната за
отмъщение;
Нагласата за отмъщение предизвика много войни
На човечеството остави необратим белег
Последствията му продължават твърде далеч
Отмъщението и враждебността винаги са на ниво
За по-добър живот отмъстително отношение
трябва да забраните.

Развод

Разводът е негативна сила
Конфликтът е неговият източник на запалване
Любовта води до обединение на душата
Развод отделно с дупка
В семейния живот това е самоубийствена цел;
В съвместимостта може да е причина
Децата трябва да отидат в предателство
Те загубиха родителска подкрепа и визия
Тяхното положение става непоносимо
Крехките умове поемат по пътя на
ристрастяването;
Каквато и да е причината за развода
Променя бъдещия курс на цялото семейство
Кавгата и омразата носят сълзи и скръб
Любовта съпруг-съпруга става нула
Помирете се, преди разводът да стане герой.

Когато изпуснахте влака

Когато си изпуснал влака
Не чакайте на гарата напразно
Излезте дори и да вали
Ако чакате нищо няма да спечелите
Възможностите ще се източат;
Ако изпуснете влака, хванете автобуса
Придвижете се до летището много бързо
Можете да се качите на борда последен
Вашите дърпачи за крака ще хапят прах
Първо ще стигнете до дестинацията;
Изгубената възможност няма да се върне
Но навсякъде ще намерите в багажника
Не чакайте, движете се бързо по пистата
В подходящ момент можете лесно да хакнете
Знаеш ли, талант и умения не ти липсват.

Изхвърлете тревогите

Когато ревниво станеш свой спътник
В живота никога не можеш да станеш шампион;
Ако омразата е един от най-близките ви приятели
За спокоен живот не можете да бъдете обучени;
Когато гневът е най-скъпият ти брат
Вие самият ще бъдете своя разрушител;
За спокоен живот пазете се от алчността
В противен случай в живота никога няма да
задоволи нуждите ви;
За щастлив, спокоен живот захвърлете тревогите
си
С всички зли сили животът никога няма да бъде
весел.

Когато слушаме сърцето си

Когато слушаме сърцето си
Едно по-добро пътуване, което можем да
започнем
Можем да избегнем фалшивия флирт
Лесно се чисти мръсотията на ума
Щастие душ количка на живота;
Когато сърцето и мозъкът са в баланс
Нашият спътник е постоянството
Можем да работим за съвършенство
Лесно можем да преодолеем съпротивата
Смислено става нашето съществуване.

Защита

Самоотбраната не е престъпление
Защитното тяло е основно
Защитата е необходима през цялото време
Присъединете се към защитните сили, за да блеснете
Бъдещата защита ще бъде наред
Министърът на отбраната е силен
Но войната винаги е вредна
Бюджетът за отбрана е полезен
Но обидата е срамна
Защитата трябва да е умела
Самоотбраната е основно право
Животните също се бият, за да спасят живот.

Честита Нова Година

Утрото показва деня
Честита нова година да кажем
Новата година започва нов лъч
Добрите неща тази година ще се отплатят
За човечеството новата година е добре;
Всеки ден е добър ден за забавление
И все пак новогодишното слънце е специално
Отново започваме дълъг нов цикъл
На следващия ден ще се борим да спечелим
Така че днес трябва да празнуваме.

Когато времето е студено

Когато времето е студено
Изпийте колче, за да станете смели
Могат да се разкажат много неразказани истории
Приятелите ще дойдат при вас
Продуктите на Amway могат да се продават
През зимата одеяло държите
Слънчевите дни са като ослепително злато
Дейността на дневния облак може да плесеняса.

Продължавай да се усмихваш

Дори в първия ден съпругите обичат да се бият
Да се бият е тяхно основно право
В първия ден те трябва да покажат своята мощ
Само тогава бъдещето им ще бъде светло
Всички съпрузи, моля, бъдете леки;
Нова година ще дойде и ще си отиде
Това не означава, че жената трябва да е бавна
Те ще принудят съпруга да застане в реда
Като се има предвид Нова година, съпругът трябва да бъде нисък
Продължавайте да се усмихвате, за да видите красотата и блясъка на лицето на съпругата.

Направете всеки ден необикновен

Първият ден от новата година отмина
Времето и приливите не чакат никого
Ваш ред е как да използвате времето
Вашето време, както искате, можете да изгаряте
Тази година използване на времето, което учите;
Празнуването на първи януари е произволно
Въпреки това мнозинството от света демонстрира солидарност
Арабите и индийците смятат новата година обратното
За собствената си нова година сте функционер
Работете здраво, за да направите всеки ден необикновен.

Продължете напред, продължете напред

Честита нова година, честита нова година
Преместете живота си на най-висока скорост
За да продължите напред, не се страхувайте
С кураж всички препятствия се разкъсват
По време на пътуването направете всички скъпи;
Много нови неща ще се разкрият през новата година
Някои истории ще бъдат преразказани отново
Грешките от миналото ще ви направят смели
Можете лесно да се изправите срещу най-студения студ
Успехът ще ви донесе златно съкровище.

Не бъдете осъдителни

Не бъди осъдителен
Виждайки външния ми вид
Не бъди осъдителен
Гледайки моя цвят
Надникни в сърцето ми
Ще видите красотата
Ще усетиш моя шарен свят
Ще видиш извора на любовта
Не съдете по първо впечатление
Ще се окаже, че грешите в дългосрочен план
За да намерите злато, трябва да копаете дълбоко.

Врана

Цветът може да е черен
Може да липсва мелодичен глас
Тя може да хакне кухнята ви
Тя може да отлети с глутницата ви
Но нейната необходимост винаги гледа назад;
Враната е важна в жизнения цикъл
Околна среда, която не позволява да се огъне
Чист квартал, за да блести
Живейте близо до хора, а не в джунглата
Да грачиш, направи поведението си смирено.

Ритуали

Ритуалите в името на Бог са фарс
Това не са нищо друго освен проклятието на умен човек
Бог никога не е искал такива ритуали
Животинските жертви за Бог трябва да изчеткаме
Няколко измами промиха мозъка на невежата маса
Ритуалите не могат да пречистят непослушния ум
Към човечеството реликвите винаги са неблагосклонни
С личен интерес свещениците са слепи
Празнотата на ритуалите ни позволява да се отпуснем
Трябва да намерим рационален по-добър свят.

Равенството между половете

Равенството между половете е все още далечна мечта
Мъжкото братство обича да яде сметаната
Религията е най-голямата спънка
Равенството между половете е под религиозен контрол
В този век трябва да направим равносметка;
Само образованието не е достатъчно
Културата също е важен коефициент
Религията се нуждае от реформи за равенство между половете
Обществото също трябва да насърчава тази политика
Цялото човечество трябва да прояви солидарност.

любов

Безсънна нощ
Денят винаги е светъл
С конкурентна битка
Понякога хапят
Понякога като хвърчило
Понякога, за да покаже сила
Понякога да станеш светлина
Разходите не трябва да са ограничени
В любовта всичко е наред.

Целувка и прегръдка

Целувайте и прегръщайте заедно
Вие се обичате
Запазете връзката завинаги
Не му позволявайте да се пенсионира
Няма нужда от лагерен огън;
Никога не пропускайте възможността да се
целунете
Емоционалната целувка се освобождава лесно
Да прегръщаш никога не се опитвай да дразниш
Това може да наруши договора за наем
Приятел ще лети като диви гъски.

Обичам те

Не просто комбинация от думи
Около него се върти света
Може да духа топло и студено
И все пак обвързването е много смело
Истинската любов е по-добра от златото;
В живота любовта е най-доброто съкровище
Няма граници за измерване
Любовта дава небесна наслада
Никога не поставяйте любовта под натиск
Кажи, обичам те, на всяко живо същество.

Религията се нуждае от реформа

Религията се нуждае от реформа
Задължение, което не успя да изпълни
В света толкова много бури
Религията сега е като червей
На човечеството, което причинява вреда
Не затопляйте света
С реформата религията трябва да очарова
Срещу насилието трябва да сме твърди
Избягването на война глобус трябва да се успокои
Нека религията бие барабана на любовта и мира.

Горски пожар

В горски пожар Австралия гори
За безопасност дивите животни тичат
За да ги спасят хората скърбят
Глобалното затопляне е повратна точка
Горският пожар трябва да бъде поука;
В Антарктида ледът се топи бързо
И все пак изкопаемите горива изгаряме всеки ден
Околната среда, която хората унищожават
Човекът ги смята за върховни и хитри
Но чрез горския пожар природата протестира.

Гори ли Австралия

Кенгура горят в огън
Коалите тичат тук и там
Измряха много видове, които са редки
Убиването на камили също не е честно
Нека открием начини как да се грижим;
Вятърът направи огъня враждебен
Евкалиптовите дървета стават летливи
Австралийската защита беше твърде крехка
Пожарът изпепели дори птици и крокодил
Горящата Австралия загуби красотата и усмивката си.

Необходими смели стъпки

Австралийски дъждовни гори в опустошение
Природата показа своята неудовлетвореност
Ние сме отговорни за неговата деградация
Навсякъде замърсяване на околната среда
Не се вижда ранно, постоянно решение;
Вълшебна злоупотреба с майката земя от страна на човека
Глобалното затопляне разрушава нашата бърлога
Но ние твърдим, че сме фенове на природата
Организирайте семинари, среща на върха от време на време
Необходими са смели стъпки, а не само рекламен микробус.

Станах убиец

Убих домашните си любимци, преди да ме
погълне огънят
Как мога да видя болката им да страда
Така че стрелбата беше по-добър вариант
Сега животът ми е опустошен и разбит
Никога няма да види мир на ума завинаги;
Боже, защо природата стана толкова жестока
Защо не спрете горивото?
Дъждът не дойде да спаси невинните
Защо сте дали съгласието за геноцид
За цял живот станах убийствено неприличен.

СЪН

Сутрин, вечер, ден или нощ
За съня винаги времето е подходящо
Без сън животът няма да бъде светъл
Безпокойството, напрежението ще покажат своята мощ
За да поддържате здравето, ще загубите битка;
Сънят винаги е сладък, така че мечтайте
Когато стомахът е пълен, това е сметаната на живота
След няколко клечки никога не казвайте не на сън
В противен случай може да изпаднете в дълбока беда
Здравият сън е задължителен, за да поддържате звуков сигнал през деня.

Да останеш честен е трудно

Да останеш честен е трудно
Пътуването ви ще бъде трудно
Хората ще критикуват достатъчно
Близки и скъпи също ще се смеят
Тежка цена, която трябва да кашляте;
Честността ще достави райско удоволствие
Ти си преодолял светското желание
Вашата цялост нищо не може да пробие
В живота вие имате безценно съкровище
С пари никой не може да измери.

Инструмент ли е религията за експлоатация?

Религията може да е опиум за масите
Но това е инструмент за обяснение за класове,
Богатите хора не трябва да следват религията
За бедните неследването е предателство;
Силният и могъщият може да даде разум
И все пак за същото по-слабият отива в затвора;
За дръзката, мощна религия е като сезон
Бедните трябва да следват като определен повод;
Основният принцип на религията не е
дискриминация
Обществото трябва решително да поддържа
истината.

Нетаджи, поздравяваме ви

Силата идва от дулото на пистолета
Да се води война срещу британците не беше
забавно
И все пак с Netaji Subhash хиляди бягат
Жертва за нацията от него трябва да се учим
Сега е наш ред да му отдадем дължимото
уважение;
Той беше масов лидер за превъзходство
И днес хората усещат присъствието му
Все още майстри внезапното му изчезване
Независимият индианец винаги помни
Той е истинска легенда и герой завинаги.

Кажи не

Кажете не, когато е необходимо
С отворен ум вървете напред
Понякога да може да се натисне назад
Не ще ви даде по-добра награда;
Да, положително е, че носи усмивка
Но преди да кажете, помислете малко
Трудно е да кажеш не на приятел
И все пак казва, че няма ум за обучение;
Никога да не казваш „не“ на детето не е добре
Дори едно малко нещо може да развали настроението
Те няма да ядат дори най-добрата храна
Докато се сблъскват с живота, тяхното отношение ще бъде грубо;
Научете се да казвате „не“, когато е справедливо и справедливо
С приятели добрите неща винаги се споделят
Никога не казвайте не на възможностите, те са рядкост
Комбинация от да и не добра двойка.

Никога не казвай не

Никога не казвайте „не“, когато „да“ е правилно
Защото истината и правдата винаги се борят;
Никога не казвайте „не“, когато „да“ е просто
Раздаването на справедливост винаги е
задължително;
Никога не казвайте „не“, когато е несправедливо
Триумфът на лъжата е рядък;
Никога не казвайте не на бедните и нуждаещите
се
Това ще докаже, че сте алчен;
Никога не казвайте „не“ на откритата истина
Хората ще кажат, че сте лъжец и груб;
Никога не казвайте не на красивата усмивка
Това ще направи живота много крехък;
Никога не казвай не на любимата си жена
Измерим и болезнен ще бъде животът.

Честит ден на републиката

Нашата страна, нашата земя
Опит за разделяне ще осуетим
За да спасим Индия главата ни се вари
Ние ще унищожим разделителната намотка;
Обединена Индия, нашата мисия
Любовта към родината ни е покорна
За да се биете с врага, нямате нужда от
разрешение
Оклеветяването на Индия е грубо неподчинение;
Индия по душа е демократична република
За да спасим Индия, излезте напред цялата
общественост
Каста, вяра, религия всичко е второстепенно
Трикольорът трябва да лети високо е основен.

Не спирай, продължавай да пишеш

Когато емоцията изпълни сърцето
Когато умът е свободен от мръсотия
Можете да започнете да пишете стихове
Напредвайте с вашата поетична количка
Композирайте поезия, за да изградите пазар;
Никой не може да слуша гласа ви
Но продължете да пишете по ваш избор
Един ден читателите ще ви забележат
Хората ще изразят мнението си
Ще бъдеш почитан като нов поет.

Напиши стихотворение

Когато сте депресирани, напишете стихотворение
Когато си ядосан, прочети стихотворение
Когато сте гладни, помислете за стихотворение
Когато сте потиснати, рецитирайте стихотворение
Но никога не казвайте „не“ на красиво
стихотворение;
Стиховете могат да ви дадат нов лъч надежда
В света ще видите много възможности
Стихотворението ще мотивира да се изкачи по
въже на живота
С всеки проблем можете лесно да се справите
Няма нужда да ходите до Ватикана и да се срещате
с папата.

Флейтата

Звукът е много сладък
Без въздух е ням
С много дупки е флейта;
Един от най-старите инструменти
С песни винаги допълвам
Във всяка музика това е много уместно;
Красотата на флейтата е нейната простота
Но когато опитате, разбирате трудността
Майсторът може да изсвири перфектно
мелодията.

Аз съм най-добрия

Бях най-силната сперма
Така че морето можех лесно да преплувам
Дори сега съм смел и твърд
Водя живота си със собствен мандат
Но никога не наранявайте никого;
Дарвин е казал за оцеляването на най-силния
В бягането за живот бях най-бърз
Да проникна в яйце се оказах най-смел
Дори сега съм чаровен и честен
Винаги се опитвам да направя тази планета най-добра.

Няма безплатно хранене

В света няма безплатна храна
В най-добрия случай можете да откраднете
Но може да те убият
Раната ви може да не заздравее
Така че кражбата е лоша сделка;
Без работа животът е нищожен
Животът не е като макара
Трябва да имаш усърдие
Болка, която трябва да почувствате
Бог никога не плаща сметката ти.

Колко пари са необходими, за да бъдеш богат?

Колко пари са необходими, за да бъдеш богат?

Ако имате бюджет в излишък, можете да проповядвате

Ограничаването на ума ви винаги учи,

Милиони долари не са необходими за почивка на плажа

Заради алчността красотата на изгрева може да пропуснете

Когато имаш достатъчно за храна и здраве

В гробището какво ще правите с богатството

Ако натрупате пари, не можете да използвате

Вие работотите усилено, за да забавлявате другите

След смъртта ви някой ще злоупотреби с вашето богатство.

Нашият живот се върти около здравето

Нашият живот се върти около здравето

За по-добър живот имаме нужда от богатство

Лошото здраве с богатство е безполезно

Доброто здраве с ограничени пари е добро

Можете да се усмихнете и да се насладите на различна храна

За комфорт ние работим за натрупване на богатство

Но без здраве парите не са решение

Доброто здраве може да дадс само комфортна ситуация

Така че никога не правете компромис със здравето заради алчност за пари

При диабет няма да можете да ядете никакъв мед.

Брачен живот

Нито еднодневен крикет
Нито игра на T-wenty wicket,
Нито футболен мач
Нито удоволствие в търговски център,
Брачният живот е ходене по въже
Трудно благодаря да карам камион по магистрала,
Всеки ден се повтаря една и съща кавга
Всеки момент може да се разделите,
Любовта, омразата идват като синусоидална крива
За да играеш дълго, трябва да имаш здрави нерви,
И все пак брачният живот е гръбнакът на обществото
Така че, управлявайте състезанието в трите етапа със смирение.

Докато пеем заедно

Докато като хора пеем заедно
Разделението ще остане завинаги
Религията прави разделение широко
Емоцията на хората, взета за езда
Религиозната идентичност трябва да крием
Разделящият манталитет се държи настрана
Джихадът идва като опасна вълна
Всяка майка, моля, бъдете водач
Като човешки същества покажете своята гордост.

Златното правило

Изхвърлете алчността си
Можете лесно да задоволите нуждите си
Откажете се от фалшивото си его
Ако е необходимо, продължете напред соло
Изхвърлете омразата и гнева
Животът ще бъде гладък и по-лесен
Загубете всичките си видове привързаност
Свободата на ума идва с необвързаността
Не се гордейте с постиженията си
Нищо на този свят не е постоянно
Правете любов и се усмихвайте с другаря си
В пътуването на живота вие сте шампион
Погрижете се за семейството и приятелите си
Всеки ще укрепи ръцете ти
Здравето и взаимоотношенията са истинско съкровище
С пари и богатство никога не се мери
За да промените живота, променете отношението си
Благодарете на Бог за неговите благословии с благодарност.

Бъдете честни, защото сте най-добрите

Бъдете честни, защото вие сте най-добрите
Със спокойствие си починете
Обичай всички на изток и на запад
Прекрасното ще се превърне във вашето собствено гнездо
С усмивка приветствайте всичките си гости
Бъдете позитивни, защото сте привлекателни
Животът ви винаги ще става прогресивен
Спазвайте дистанция от негативните хора
Пътуването на живота ще бъде много просто
По-добре утре никой да не може да осакатява
Бъдете смирени, вие сте смели и красиви
Направете живота на другите също весел
Не наранявайте никого, като сте могъщи
Хората ще ви мразят като страшно същество
За вашата доброта хората ще ви бъдат благодарни
Бъдете прости, защото сте страхотни
За вашето величие хората ще лекуват

Простите хора могат да се усмихват по-добре и свободно

Простотата ще ви направи най-високото дърво

Хората ще ви дадат нектар като пчела.

Мъдрост

Образованието и знанието не са мъдрост
В живота рядко ще намерите мъдри хора
Сега светът е владение на злите хора
За мъдростта се нуждаем от случаен опит
За да знаете за кацане, ви трябва летище
За мъдростта е необходим здрав разум
Без здрав разум образованието е второстепенно
За мъдрост знания със здрав разум задължително
Основният инстинкт е наличен като
допълнителен
Знанието, образованието, уменията и мъдростта
са житницата на живота

Доверие

Трябваха години, за да имаш доверие
Но с малка грешка се спука
При съмнения лесно може да ръждясва
За да запазите доверието, честността е задължителна
В противен случай доверието няма да издържи
Доверието е над нормалното ни вярване
Не е като бързо облекчение
Доверието е доказана почтеност
Това е честност със солидарност
Доверието е Божията жива територия.

Доволство

В затворената зона ние живеем в задоволство
Важен е житейският урок, който трябва да научите
За оцеляване изискването е хранителна съставка
Научете как лесно да направите средство за възпиране на алчността
Животът след Corona ще бъде напълно различен
В живота доволството е пътят към щастието
Винаги помага за чистотата на ума
Честният и прям ще стане бизнес
Всеки момент умът ще бъде пълен с доброта
Красив нов живот с мир ще впрегнете.

Тишина

Мълчанието е по-добро от насилието
Учи ни на толерантност
Мълчанието също е съпротива
Но понякога може да е пречка
Понякога се отдалечете от него
Мълчанието не означава предаване
Полезно е за избягване на гафове
По време на объркване може да направи чудо
В аргументите можете да дадете контра
От печеливша страна може да сте основател.

В света нищо не е вечно

В този свят нищо не е вечно

В рамките на вашия домейн направете живота достатъчен

На времето всичко е подчинено

С времето е по-добре да се координира

Всеки момент времето на живота ви може да приключи

Кралството на Рам, Ашока, Александър всички изчезнаха

Ако имате време, научете се да бягате преди него

С ограничено време трябва да печелите и да се забавлявате

В гробището с теб няма да има

Вчера вече си отиде, днес няма да се върне.

Миналото е минало

Миналото винаги е минало
В ума си не позволявайте да продължи
В противен случай трябва да постите
За да живееш, ще загубиш доверие
Животът ще унищожи в ръжда
Забравете миналото, за да продължите напред
Ще получите много награди
Да седиш с миналото е страхливец
Пътуването им ще бъде назад
Скоро ще бъдат в гробището.

Бъдете любящ човек

Когато живеем в любящ дом
Заедно с любящо отношение бродят
Светът се превръща в любящо семейство
Можем да се насладим истински на красотата на живота
Създаване на живот с любов, единствено в нашите ръце
Любящият човек винаги е весел
За него светът не е болезнен
За никого той никога не става вреден
Винаги казва, светът и животът са красиви
Към семейството и обществото той е послушен.

Отражение на ума

Светът е отражение на нашия ум

Въз основа на неговата красота и грозота ние откриваме

Когато умът е в весело настроение

Цялата околност изглежда добре

Вкусни стават всички видове етнически ястия

Погледнете света без цветно стъкло

Простотата и прямотата са различна класа

При цветно стъкло не следвайте масата

През присвити очи се насладете на красотата на тревата

Вашето пътуване в живота, красиво минава времето.

Посрещнете лошите дни смело

Ако можеш да посрещнеш лошите дни смело

Времето няма да може да нанесе щети

Всеки проблем в живота ще бъде малко предизвикателство

Никога няма да бягате след преследване на мираж

В обществото смел и силен ще бъде вашият образ

Смелостта ще даде увереност и решителност

За да се изправите пред опасността, ще намерите лесно решение

От страх никога не преминавайте към принудителен зимен сън

Това ще развали благоприятната ситуация в живота ви

През следващите дни може да се сблъскате с унижение.

Умът също се нуждае от бормашина

Умът е развъдник на всяко зло

Творението на ума е въображаемият дявол

Над добрия или лош ум може да надделее само

Подобно на тялото, умът също се нуждае от редовна тренировка

За психични заболявания понякога е необходимо хапче

С добри мисли умът ви винаги се изпълва

Иначе един ден лошата мисъл ще убие

Със силен ум можете да изкачите труден хълм

Ако се колебаете, със страх умът ще бъде неподвижен

Природата никога няма да позволи на ума да остане неподвижен.

Златното правило на племето

Собствеността принадлежи на общността
Всеки член работи с искреност
Необходимостта на племето беше ограничена
На никого не е позволено да остане без почтеност
Цялото племе живее солидарно
Децата се идентифицират с майката
Заедно мъжете на всички племена са бащи
Мъжките са по-скоро заети с лов
Всички в клана са братя
Племената се опитват да оцелеят заедно.

Аз съм богат

Аз съм богат, защото нямам алчност

Имам достатъчно пари, за да задоволя нуждите си

Аз съм богат, защото мога да правя благотворителност

Харча трудно спечелените си пари с яснота

Аз съм богат поради съотношението между активи и пасиви

Аз съм богат, защото мога да пътувам свободно

Мога да се усмихвам и да общувам с хора приятелски настроени

Аз съм богат, защото не трябва да харча за болнични

За мен няма редовни разходи за хапчета

Аз съм богат, защото не искам да си купя дворец на хълма.

Спестяването на пари е добро за бъдещето

Спестяването на пари е добро за бъдещето

Но за спестявания подаръкът не се пробива

Парите ще се натрупат, но възрастта ще си отиде

Един ден в бъдеще движението ще бъде бавно

Вашето зрение и апетит ще намалеят

Спестете пари предвид бъдещите изисквания

Ограничени ще бъдат вашите нужди след пенсионирането ви

Така че е по-добре да похарчите за сегашно удоволствие

След десет години няма да получите днешния момент на младостта

Всичките ви допълнителни спестявания ще останат при вас като латентни.

Когато Бог спасява, никой не може да убие

Когато Бог спасява, никой не може да убива

Ако се обади, нищо не може да се направи с хапчета

Ненужен ще бъде болничният

Така че, по-добре е да продължите напред с воля

Никой не знае кога животът ще утихне

И все пак животът е пълен с вълнение и тръпка

За да се движите напред в галоп, винаги правете тренировка

Молейки се на Бог за неговата милост, умът ще се изпълни

Без благословии богатството може да стане нула

След миг може да паднете от хълма.

Корупцията

Корупцията е неразделна част от нуждата и алчността

Нуждаещите се и алчните винаги ще разпространяват породата

За да спрете корупцията, първо убийте всички алчни плевели

Обществото трябва да работи за разпространението на семена за увеличаване на бедността

Самото говорене срещу корупцията няма да свърши работа

Религията винаги насърчава хората да бъдат корумпирани

В храма, джамията, църквата избухва покварата

Свещениците, политиците, полицията, съдиите са част от играта

Никой в обществото не смята, че корупцията е срам

Без социокултурна революция корупцията няма да куца.

шега

В парти шегите винаги рок
Смейте се, шегите могат лесно да отключат
За атлет хората понякога се подиграват
Някои знаци са бутнати за докинг станция
В група хората се радват на шеговит разговор
Шегите са добри за освобождаване от напрежението
Но не е подходящ във всяка ситуация
Понякога създава социално замърсяване
Някои хора избягват шегите с колебание
Но някои са експерти в създаването на шеги.

Всичко се контролира от мозъка

Лекарствата не могат да облекчат цялата болка
За да преодолеете раната, тренирайте ума си
В дългото пътуване на живота вие ще спечелите
Болката и удоволствието идват във верига
Но всичко се контролира от мозъка
Психическата болка е по-трудна за обезвреждане
Да приеме суровата реалност умът отказва
Понякога тялото и умовете се объркват
И така, експертен опит да се носи в болезнен потоп
Не знаете, бремето може да е огромно.

COVID протокол

Настройте с настоящето време
В противен случай ще се нарече престъпление
Сега оцеляването е основното задължение
По-добре е да носите маска и да правите мимика
Ковид протоколът вече е режим
Много здрави хора умряха поради протокол
Лекувани са само с парацетамол
Нищо не беше направено за друг контрол на болестта
Протоколът Covid е непостоянен от бензина
Дежурството сега измийте ръцете си с Dettol.

Корона не е създала паника

Корона не е създала паника
Създаденият от човека протокол е неорганичен
Много хора не разбират логиката
Ситуацията в света сега е живописна
Всеки е принуден да приема витаминен тоник
Иронично е хората да се страхуват толкова много
От страх някои консумират куркума
Казват, че за да се бориш, имунитетът е основен
Медицинските системи нямат реална логистика
Всичко от Corona вече е статистика.

Времето и промяната са опасен ловец

Не забравяйте грамофона и магнетофона

Флопи и CD също вече не работят

Телексните и факс машините вече не са в ничий радар

Фото филм и видео касета също кротко се предават

Времето и промяната са много опасен ловец

Рам, Буда, Исус, Мохамед не можеха да спрат времето

Не забравяйте, че промяната и еволюцията винаги са добри

Единственото нещо, което непрекъснато тече вечно, е времето

Как ще бъде утре не се знае за никого в редицата

Утре може да не остане жив, за да вечеря.

Овенът е символ на справедливостта

Овенът е символ на справедливостта

По негово време върховенството на закона беше величествено

Ангажиментът за равенство беше основен

Полигамията никога не се е практикувала

Но почитам присъдата на хората

Бийте се с престъпници като истински войн

За да спаси достойнството на жените, той беше спасител

В управлението му прозрачен рев

В неговото царство никой не се смяташе за по-нисш

Неговата концепция за управление го направи крал по-висш.

Храмът не е решение на проблемите

Полагането на основния камък на Ram Temple е голямо събитие

По думите му Моди се оказа последователен

Храмът Рам ще прослави индуизма на всеки континент

Датата и часът не са толкова важни

Спорът приключи е уместно

Нека храмът донесе постоянно решение

Храмът на Рама е необходим, за да се забрави разделението на страната

Славата на Рам вече е там отвъд нашата граница

New Ram temple отново ще докаже теорията на Нютон

В религията използването на сила и измама е греховно

Смяната на религията не трябва да бъде насилствена

За обществото действието за разрушаване на оригиналния храм е вредно

Всички религии трябва да бъдат като различни
цветя в градината

В противен случай нетолерантността ще бъде
социална тежест

Нека обществото завинаги отхвърли
философията на Ладен

Храм, джамия, църква не могат да изкоренят
расизма и бедността

За това се нуждаем от справедливо разпределение
на богатството и собствеността

Постигането на целите на хилядолетието е по-
голяма необходимост.

Религията е за човечеството, а не обратното

Религията е за човечеството

Не го използвайте за полярност

На молитвите може би разнообразие

Но това е за солидарността на човечеството

За всички религии Бог е самотен

Човечеството не е за служене на религията

Религията е само начин на молитва или мнение

Спорът за религията е унижението на човечеството

Храм, джамия, църква не е за разделение

Имаме нужда от религиозна толерантност и интеграция.

Никой човек не е дърво в застой

Не мога да мисля за света без пътуване
За нас туризмът винаги е чудо
Корона направи туризма незаконен
Човекът е принуден да не бъде социален
Състоянието на икономиката е критично
Никой човек не е спряло дърво
Както птицата човек иска да лети на свобода
Хората искат светът да види
За туризма пътуването е ключът
От затвора искаме да избягаме.

Излизането е пълно с напрежение

Излизането е пълно с напрежение
Съпругата показва емоцията си
Може да не мога да получа пенсия
Да си останеш вкъщи е решението
Външният въздух е пълен със замърсяване
Корона тестът може да причини унижение
Правителството ще наложи изолация
Витаминните добавки са рецепта
Домашната карантина също е принуда
Стоенето вкъщи носи психическо удовлетворение.

Когато сърцето се разбие

Когато сърцето се разбие
Всичко става фалшиво
Липсва ни вдъхновение
Без вкус на тортата за рожден ден
Сърцето ти някой хакна
Животът спира на пристана
Никога няма да се разтърси
Провалът започва да работи
Не обичаме да говорим
Разбиването на сърцето е шок.

Болезнена смърт

Болезнената смърт е самоубийство
Някои хора използват цианид
Много често срещано е обесването
Повечето хора използват таван
Малко хора се опитват да скачат
Както и да е, самоубийството е болезнено
Повечето хора казват, че е срамно
За членовете на семейството е вредно
За медиите това е събитие и е приятно
Когато възхвалявате самоубийството, моля, бъдете внимателни.

Религиозно равновесие

Светът върви към религиозно равновесие

Основата на Ram Temple е инерцията

Религиоцентричните държави ще бъдат икономически обречени

За превръщането на хората в експанзионистична религия в бъдеще няма място

Завинаги силата на меча и петро доларът загубиха бума си

Всички религии в бъдеще ще живеят в хармония и братство

Дори най-малките от религията ще получат храна за оцеляване

Бавно експанзионисткото движение ще промени настроението си

В рамките на собствената им територия ще има дискриминация по пол

Но в толерантните нации ще има изпълнение на целите на хилядолетието.

Правилата са за бедните

Когато нарушаването на правилото е правило

Правилата са, за да правят хората глупаци

Нарушете правилото и останете спокойни и хладнокръвни

Отидете до най-близкия басейн

За да избегнете наказание много инструмент

Правилата обикновено са за бедните

Те не могат лесно да чукат вратата на съда

Няма нужда да се страхувате, ако сте на последния етаж

Когато адвокатите се карат, отидете на чуждестранно турне

Те лесно ще разкъсат ядрото на правилата.

Никой не се самоубива за забавление

Никой не се самоубива за забавление
Обстоятелствата го накараха да извади пистолета
Може да няма алтернативен начин за бягане
От лош към по-лош живот се завъртя
За него е невъзможно да живее под слънцето
Но самоубийството не е естествена смърт
Въпреки че хората плачат на погребението
Смъртта чрез самоубийство също е реална
Никога не позволявайте на ума да добавя гориво
Победете суицидната тенденция жестоко.

Приятелство

Приятелството е спътник на всеки сезон

В приятелството не трябва да има разум

Истинските приятели никога няма да ти дадат отрова

Добрите приятели не са само за повод

Те винаги ще помогнат при решаването на проблема

Но в действителност истинските приятели са голяма рядкост

Те няма да споделят вашата болка и трудности

Въпреки че в добри дни вие се грижите за тях

Приятелството с егоистични хора не е честно

И все пак за всичките си приятели винаги се молете.

Красив свят

Красивият свят е без граници
Същото е и случаят с красивата жена
Красотата не е нещо на диво преследване
Отвсякъде можете лесно да хвалите
Универсалността на красотата винаги удивлява
Не преследвайте пеперудата, за да видите нейната красота
Когато летят свободно, изглеждат красиви
Красивото небе не ни е близо
Но синьото небе с облак е скъпо
Разширете хоризонта на ума, ето ще стане ясно.

Сянка

Сянката ти никога няма да стане вдовица

Сянката винаги е отворен прозорец

По обяд няма да видите сянка

Но когато слънцето залязва, сянката става дълга

Накрая отива в гроба заедно с вас

Понякога собствената ни сянка ни плашеше

Но страхът от сянката не трае дълго

В тъмната сянка на дървото се превръща в огромен призрак

Страхова психоза в нощна сянка може да предизвика

Като спътник до последния момент, сянка, на която можеш да се довериш.

Бог също обича подкупите?

Когато вярваме, че Бог може да бъде подкупен

Как може да се унищожи корупцията?

Религията е опиумът за масите

Корупцията е кафява захар на класите

За да изтрием корупцията, имаме нужда от различни четки

Бог трябва да спре да приема парите от подкупите

За развращаване на хората обществото не трябва да дава мед

Културната ДНК на обществото трябва да бъде променена

Тогава само до известна степен корупцията може да бъде управлявана

В затворите корумпираните хора трябва да бъдат затворени завинаги.

Keep Desire In Backburner

Дръжте несъществените си желания на заден план

В надпреварата за щастие вие сте начело

Когато дългият живот свърши, вие сте победителят

Ненужните желания правят бремето на живота твърде тежко

Хвърлете бързо товарите, за да станете щастливи

Когато знаете действителните изисквания на живота

Към върхови постижения, чрез вашите качества се стремите

Желанието поражда алчност и нещастие в ума

Никъде щастие и радост няма да намерите

Ако отхвърлите желанието в живота си, ще бъдете добри.

Обичам да бъда социален

Не искам да живея вечно

Така че не се страхувайте от Корона треска

Никога няма да се опита да стане безсмъртен

Но никога няма да направи нещо неморално

Вместо да съм сама, обичам да съм социална

Няма нужда от сълзи и почит към цветя

Всеки момент Corona разпространява множествено число

В изолация прекарвам самотен живот на село

И все пак дните и нощите минават както обикновено

За мен корона вирусът вече не е нов.

Всичко ще се срути

Откъде ще дойдат държавни пари?

Пренастройката е временно решение

Бедните трябва да бъдат овластени да печелят

Парите няма да растат в трева

Икономичността, безплатното разпространение ще навреди

За да влеете потребление, произвеждайте повече

Храна и държавни стоки от първа необходимост за съхранение

Възмездното ценообразуване на селскостопанските продукти трябва

В противен случай икономиката и бедните няма да продължат

В рецесията богати, бедни, средни всички ще рухнат.

Шри Ланка

Перлата на Индийския океан

Красиво дори по време на мусон

Плажовете са наистина страхотни

Чаените градини са красиви

Будистката култура е хубава и твърда

Слонове, птици и различни езера

Пътуването с лодка продължава под мангрови дървета

Билковите градини са добро място за разходка

С гостоприемството ще се почувствате като у дома си

За любителите на храната също увеличете различни храни.

За бедните няма нищо за радост, освен дух

За бедните независимостта е провал
Имат в свободната нация само близалка
За Корона им спира и поминъкът
В света позицията на Индия може да е на върха
Но за да изкорени бедността, Индия се нуждае от нов моп
Експлозията на населението е най-голямото предизвикателство
Безработицата сред младите сега е голямо обезсърчение
Корупцията в независима Индия винаги е пречка
Бедните и уязвими хора са загубили търпение
За огромното мнозинство няма значение за независимост.

Бедността и гладът все още са в основата

Страната е претъпкана с твърде много бедни

Кога ще прекрачат вратата на бедността

Все още бедността и гладът са в основата на Индия

След седемдесет и три години хората са гладни

Безработицата ни накара да се ядосаме

Всяка година лидерите изнасяха красиви лекции

Но не промени структурата на бедните хора

Корупцията все още е най-великата индийска култура

Корумпираните хора ядат държавни пари като лешояди

Населението и корупцията ще пробият демокрацията.

Вдъхновявайте другите

Вдъхвайте смелост на другите
Работата в екип винаги има значение
Победата ще дойде по-бързо
Отборните играчи са братя
За тях трябва да се мъчите
Животът не е пътуване на един човек
Много играчи в турнира
За победа отборът се нуждае от хармония
Вдъхновението не трябва да е какофония
Смелостта не се купува с пари.

Усмивка без пени

Нямам много пари

Но за мен светът е смешен

Навсякъде мога да намеря мед

За мен дните винаги са слънчеви

Мога да се усмихвам и без стотинка

За да се насладите на пълнолуние не са необходими пари

Разгледайте красотата на морето, не са необходими пари

Дори без пари денят върви напред

Не си мислете, че без пари сте изостанали

Но странното е, че с пари може да се купи награда.

Индийците имат решение за всички проблеми

Корона направи бедните индийци по-бедни
Производството на храни у дома вече е по-добро
Печеленето на пари става по-трудно
Прекаленото харчене ще бъде грешка
Да работим, за да преодолеем гръмотевиците
Народът на Индия няма да се предаде
За да убиват животни, индианците са добри ловци
В Индия скоро Корона вирусът ще се чуди
Индианците ще направят с тях колективно убийство
За всеки проблем индийците имат оттовор.

Моята религия

Моята религия е много проста
Не посещавам джамия или храм
Към човечеството съм смирен
Обичам всички, не мразя никого, моят преамбюл
С гняв никого не безпокоя
Винаги уважавам равенството между половете
Полигамия, малтретиране на деца Разсейвам
Разпространението на знания, харесва ми
За спокойни мили карам мотора си
В съзнанието ми насилието никога не поразява
Игнорирам каста, класа и раса
Човечеството е любимата ми база
Никога не лъжете всемогъщия Бог
За жестокост към животните никога не кимайте
Умът ми е свободен като малко дете.

Всички религии се нуждаят от реформи

Моля, измервайте всички религии с един и същ аршин

Във всяка религия ще намерите нектар и съкровище

Най-добрите неща от всички религии, които трябва да споделите

Никоя религия не може да твърди, че е по-добра от другата

С усъвършенстване на религията светът ще бъде по-умен

Религията е създадена за гладко плаване на обществото

Да го реформира с времето е най-големият дълг на човечеството

Целта на религията не е да се покланя на божество

Религията е за пречистване на умовете, без въпрос на малцинство

За реформите на религията човечеството трябва да покаже искреност.

Той е без цвят, миризма и форма

Когато моята молитва стигне до звездата

Чувствам се всемогъщия, въпреки че е далеч

Не можем да караме най-добрата кола

Императорът не може да го докосне, печелейки война

Единственият начин да стигнем до него е добра работа и молитва

Той няма телесна структура като Слънцето

Но с искра всичко, което може да изгори

Отвъд границите на времето, той винаги бяга

Минало, настояще, бъдеще и относителност той може да избягва

Материята, енергията, времето и пространството за него не ограничават нищо.

Не бъди Пого

Талак, талак, талак и край на връзката
Десетилетия любов и привързаност изчезват
В съвременното общество вашият имидж се опетнява
Вашият интегритет като добър човек ще намалее
Старите обичаи могат да създадат само мъка
Трябва да се спазва надлежният законов процес
В демокрацията равни права на всички да бъдат разрешени
Религиозните правила са създадени преди хиляди години
Те трябва да останат само като историческо лого
В двадесет и първи век не следвай егото на духовниците
В модерното време бъдете рационални и логични, а не пого.

От страх ние лъжем

От страх винаги лъжем
С кураж страхът ще лети
Истина и честност, опитайте
Самодоволството ще лети
Негативността ще стане суха
Един ден всички ще умрат
Така че в страх няма нужда да плачеш
Нека страхът ви стане срамежлив
Яжте предизвикателства живот пържени риби
Ще станеш смел човек.

Омръзнало му е от псевдо секуларист

Писна ми от псевдо секуларисти

И така, ние настояваме за изграждане на храм

Страната беше разделена в името на религията

Интегрирането на Индия и Пакистан е решение

В противен случай секуларистите се нуждаят от повече унижения

Реформите във всички региони са абсолютно необходими

Но някои хора винаги ще се опитват да запазят полярността

Секуларизмът е последното прибежище на негодниците

Надяваме се, че храмът на Рам ще направи техните погребения

Индийската демокрация ще преодолее неприятностите на секуларистите.

Преглед

Тричасово конно надбягване

Всеки проблем, с който може да се сблъскате

Силна трябва да бъде базата от знания

В противен случай няма да завършите страницата

Вашето бъдеще ще бъде заключено в клетка

Изпитите са ужас за ученика

И все пак за успех в академичните среди предпазлив

Но в дългосрочен план това става излишно

Отношението и трудолюбието са от значение

Разгледайте своето хоби и заложен потенциал.

Празният съд звучи много

Празният съд звучи много
По-добре винаги избягвайте да докосвате
Към вас ще се втурнат
Те се нуждаят от вашата четка
Целта е да измиете мръсотията им
Когато съдът е празен, той е лек
Без причина може да започне битка
Ако дадеш възможност, то ще хапе
За празен стомах всяка храна е подходяща
Празният джоб ни тласка към беда.

Не си мисли, че си беден

Ако мислиш, че си беден
Това ще отслаби сърцевината на ума ви
И така, отворете широко умствената си врата
В града отидете на обиколка на бедните квартали
Вече няма да се чувствате бедни
Бедността е относително състояние на духа
Към собствения си ум не бъдете нелюбезни
Безпарични хора лесно ще намерите
Ако имате достатъчно пари за храна
Работете за утре и сменете настроението.

Продължете напред, продължете напред

Давай, давай
Вие се раждате сами
Няма нужда да скърбите
Култивирайте царевицата си
Пътувайте, никога не отлагайте
Давай, давай
Животът не е порно
Отдавна си роден
Продължете, не носете
Надуйте си клаксона.

Не сравнявайте

Когато се състезавате с други
Няма да мърдаш повече
Сравненията може по-скоро да ви спрат
Винаги е по-добре да се състезаваш със себе си
Всеки ден ставате по-умни
Когато не можеш да биеш, ставаш ревнив
Пътуването ви към успеха ще бъде опасно
Но самоусъвършенстването, мотивацията е огромна
Добивате увереност и ставате сериозни
Не се сравнявайте с другите, опасно е.

Никой няма да клюкарства за вашата добродетел

Никой няма да клюкарства за вашата добродетел
Това не означава, че няма да преследвате
Хората ще критикуват вашата малка грешка
Но вашият успех няма да бъде прием на клюки
Така че тяхната критика игнорира и забравя
Клюките са само за разпространяване на лоши неща
След няколко дни темата за клюките е мъртва
Добродетелите се пазят в съзнанието на добрите хора
Години след това ще се радвате да намерите
Към клюкарите също добродетелта е добра.

Разсейваща сила

Страхът е разсейваща сила
Може да ви тласне лошо към по-лошо
Убийте го в източника на ума си
Ще галопирате в състезателен курс
Победителят ще бъде вашият кон
В живота страхът винаги е опасен
За успеха страхът е опасен
Негативният потенциал е огромен
Изхвърлете страха от ума си
Успешен живот ще намерите.

Мечти

Понякога сънищата могат да бъдат опасни
Но за лошите сънища не бъдете сериозни
Това е само отражение на подсъзнанието
Дори и да анализирате, нищо няма да намерите
Може да се материализира чрез работа, ако се обвържете
Добрите сънища ни правят щастливи и весели
За лошите сънища няма нужда да се страхувате
Въпреки че понякога може да си разплакан
За реалния живот нито един сън не е лош или вреден
На сутринта забравете съня, ако е болезнен.

Когато мечтаете големи

Когато мечтаете големи

За да намерите злато, трябва да копаете

Силен трябва да бъде монтиран

Не ставай като прасе

Нито да плаче фиг

Сънищата са мираж

За постигане е необходима смелост

Пренасяне на ненужни щети

Ако не можете да го преследвате, дайте му пропуск

Няма стойност в спасяването на счупени мечти.

Клюка

За обикновения човек клюките са полезни

За тях клюките са умствена храна

Клюките могат да променят настроението на хората

Запалва се лесно като сухи дърва за огрев

Важно е само да не е грубо

Клюките могат да разпространят новини много бързо

Но много бързо клюкарските новини ръждясват

Клюкарските новини са по-леки от прах

Лети като балон и се пръсва във въздуха

За да не станете осъдителни, трябва да избягвате клюките.

Яжте, за да живеете или живейте, за да ядете?

Яжте, за да живеете или живейте, за да ядете

При равни условия и двете третират,

Бог създаде човека да яде ябълка

Или Господ е създал ябълката за човека?

Много хора са фенове на мангото

По-голямата част от борбата ни е за храна

Така че насладата от храната винаги е добра

Когато живееш, за да ядеш, се наслаждаваш повече

За да ядеш, за да живееш, ставаш скучен

За здравословен живот добрата храна е в основата.

Очите на моята приятелка

Когато очите ти се усмихват и говорят

За да изпълните желанието си, можете да поемете всеки риск

Инерцията ми стана много оживена

Като вирус влизаш в диска на мозъка ми

Всяко кътче и ъгъл сериозно претърсвам

В очите ти виждам синята планина

Облакът се премества от очите ти към дъжд

Според мен рационалността не мога да тренирам

Надявам се в твоята любов всичко, което ще спечеля

Не спирай усмивката си и ми причинявай болка.

На покварените хора кажете Срам, Срам

За да покварите хората, кажете срам, срам

За пари те винаги играят мръсна игра

За злодеянията си те обвиняват другите

Опитват се да опетнят името на добрите хора

Почтеността на корумпираните хора е бедна и куца

Трудно се опитомяват корумпираните хора

Често сменят рамката си

Тяхната цел е да грабнат богатство с нечестни средства

Никога не са се притеснявали за семейната слава

Крадец, разбойник и корумпирани хора са едни и същи.

Ела и ме прегърни

Ела и ме прегърни с емоция и любов
Кой знае, утре може и да не дойде
Пълната луна може и да не видим отново
Утре може да има силен дъжд
Проблемите в живота ни могат да дойдат с болка
Изобщо не се тревожете за малкия вирус
В противен случай също един ден животът ще види падане
За нас днешният ден е красив и висок
Така че не слушайте ничии призиви
Продължителността на красивата нощ е малка.

Майката на изобретението

Необходимостта е майка на изобретението

Но за някои проблеми няма решение

Те само се спасиха от смяна

Изправете се срещу проблема си решително

За изобретение, направете научно изследване

Лекарството за рак, СПИН е необходимост

За изследванията на техните ваксини е
необходимо разнообразие

Досега лечението е само дълготрайно

Необходимостта от ваксина срещу вируса е
приоритет

По-важното е да подобрим имунитета си.

Комунализъм

Комунализмът е исторически факт
Трябва да отблъснем комунализма
Но за да го направим, ни липсва ангажираност
Така че се разпространява в отворена опаковка
Трябва да дойдат хора, за да блокират пътя му
Комунализмът винаги е вреден
В съвременното общество е срамно
Ефектите му винаги са болезнени
За да го изкореним, нека станем сръчни
Свободният от комунализъм свят ще бъде красив.

Тренирайте ума си

За да бъдете смели, тренирайте ума си
За напредък начин ще намерите
Смелият ум не може да остане сляп
В дълги que те никога не са подплатени
Смелите хора са мили
За действието умът е движеща сила
Така че, укрепете го в източника
Ще вземете най-добрия курс
В живота смелият ум никога не губи
Един ден ще видите градина от рози.

Надникнете в ума си

Винаги надничайте в ума си
Много неща ще видите надълбоко
Без да изразявате ум, опитайте се да запазите
Умът ви понякога се нуждае от почистване
Когато надникнете вътре, ако трябва, плачете
Много неща в живота не можем да разкрием
И така, ние се отдаваме на нежелани действия
Докато измиваме лошите спомени, ние ги изтриваме
В света на прошката можем да се потопим
Към успеха и щастието животът ще се промени.

Когато някой изпитва болка

Когато някой изпитва болка
Не го бутайте към канализацията
Те не се нуждаят от парична печалба
Възстановяването е основното им желание
Моля, молете се във верига за тях
В болката хората се нуждаят от мотивация
Само лекарството не е решение
Психическата подкрепа дава на страдащия решителност
Страдащите хора могат да преодолеят разочарованието
При болка холистичният подход трябва да бъде разрешаване.

Безкрайна битка

Животът никога не е безкрайна битка
Но малък инцидент може да разтърси
Жертвите стават твърде фатални
Поражението, пред което се изправяте, е тотално
Причината за поражението винаги е умствена
Битката на живота е умствена игра
За вашите способности не се срамувайте
Спечелването на битката се нарича слава
Със силен ум всички врагове можете да укротите
Ако се провалите, трябва да обвинявате себе си.

Поведението на човека е смешно

Врагове на човека са вирусите и бактериите

Те попадат под критериите на истинския враг

Те атакуват целия свят

Има и добри бактерии

Добрите или лошите бактерии се решават от СЗО

Не смятайте ближния за враг

Цялото човечество трябва да живее в хармония

Битката на върховно животно човек с човека е ирония

За животинското царство човек винаги е агония

Двойният стандарт на човека е наистина смешен.

Болка и печалба

Животът е борба за премахване на болката
В същото време, за да увеличите максимално печалбата
Нуждаем се и от двете, слънце и дъжд
За да обърнат нагоре надолу, тренирайте опит
Не забравяйте, че животът е непрекъсната верига
Без болка печалбата не е възможна
За нормално раждане е желателна родилна болка
За да имаме удобен път, трябва да работим
Но винаги е болезнено да разбиеш скалата
За да имаш комфорт, болката трябва да отключиш.

Положители и отрицателни

Положителното вече е отрицателно

Така че отрицателното е положително

Отрицателното прави живота празничен

Положителното е количествено

Но негативът е качествен

Математиката е бинарна

Корона прави свой указател

Хората са принудени да се усамотяват

Covid19 даде отрицателен вот

Положително заключена вътрешна граница.

Клюки и клевети

Не си губете времето в клюки и клевети
В живота това ще се окаже гаф
Отрицателните сили ще ударят с гръм
За да победиш, трябва кротко да се предадеш
За вашия провал никой няма да се чуди
Клюките и клеветите са регресивна сила
Те ще променят красивия курс на живота ви
В пустинята ще пропилеете най-добрия си ресурс
Ще станете още един източник на клюки
Положението в обществото ще се влошава от лошо.

Лесно е да се нарани

Лесно е да нараниш някого
Но трудно му бута количката
На пътя може да си умен
Но понякога колата ви може да не запали
При ремонт ръцете ви ще хванат мръсотия
Нараненият ум може да разруши връзката
Връзките се поддържат много трудно
Ако нараните някого, той лесно може да се спъне
Психическа или физическа болка, и двете причиняват болка
Когато нараните другите, това се връща отново при вас.

Обичам те, няма нужда да казвам

Когато ти пожелая Честит рожден ден

Обичам те, няма нужда да казвам

Знам, сметката ми за вечеря ще я платиш ти

Лодката вече е на залива

Скоро круизът ще поеме по пътя си;

Рожденият ден е ден за празнуване заедно

С приятелите и семейството става по-ярко

Всяка година с рожден ден остаряваме

Така че нашите усилия са да направим рождения ден по-добър

Празнувайки рожден ден, детето става баща.

Наказване на корумпираните хора

Икономическото престъпление трябва да влече строго наказание

Трябва да лежат в затвора доживотен затвор

Понякога смъртното наказание също трябва да бъде допълнение

Необходимостта на момента е този строг закон, който трябва да прилагаме

За да изкореним корупцията, имаме нужда от различен експеримент

Сегашната система е приятелски настроена към корумпираните хора

Целта на съдебната система е единствено да ги спаси

Тълкуването на закона винаги се извършва погрешно

Обществото хладно приема корумпираните хора като честни

Това е подходящият момент да се борим смело с корупцията.

Изпарение

Природно явление е изпарението

Без него светът ще се движи към изчезване

Изпарението е причина за водния цикъл

Без дъжд средата ще се изкриви

Съществуването на живот ще бъде просто невъзможно

Изпаряването е необходимо не само за изсушаване на кърпата

Той е от жизненоважно значение както за производството на храна, така и за подслон

Забравете лошите спомени чрез изпарения ум

Мир и спокойствие в живота можете лесно да намерите

Не забравяйте, че изпарението е добро за човечеството.

Бъдете винаги отдадени на истината

Бъдете винаги отдадени на истината
През целия живот ще останеш млад
Постоянно ще бъде веселото ви настроение
Въпреки че някои хора ще бъдат груби
Пътуването на живота ще бъде добро
Гравирайте ангажимент в сърцето си
Лъжата в ума ви няма да започне
По-лека ще бъде тежестта на вашата количка
Пестеливият ангажимент ще направи живота лек
За високи постижения в живота можете спокойно да се борите.

Някои хора ще се присъединят само към погребението

Някои хора ще дойдат само за да се присъединят към погребението

Но с тях нямате кавги

През целия живот те никога не ви оценяват

Винаги са разпространявали негативни възгледи

Така че, когато сте живи, игнорирайте тези избрани няколко

Лицемерите ще те хвалят след смъртта ти

Когато сте живи, те ви завиждат за богатството

Пренебрегването на лицемерите е добро за успех

Те няма да могат да дръпнат към регрес

Само те ще изразят ревността си в гробището.

Индийската култура

Индийската култура на ненасилие и толерантност

Това е гръбнакът на структурата на индуизма

От незапомнени времена нашествениците се
опитват да пробият

Милиони индуси се жертват, за да спасят
бъдещето на Индия

Но индийската култура, нашествениците не успяха
да разкъсат

Будизмът и йога Индия допринесоха за световния
мир

Индианците никога не са станали част от
надпреварата за разширяване на територията

Forever се опита само да укрепи етичната си
основа

В света, обичащ войната, Буда е различно лице

Само ненасилието и толерантността могат да
дадат на света ново темпо.

Положителността е стълб за успех

Позитивността е стълб за прогрес

Отношението ще ви осигури успех

За знанието винаги обсъждайте

Клюките ще ви направят един от масата

За да вършите упорита работа, трябва да се съсредоточите

Позитивният ум може да види възможността

Те работят усилено, за да го постигнат с почтеност

Позитивното отношение ще даде смелост и достойнство

Знанието ще даде сила да хвърлиш плаха

Работете заедно като член на екипа със солидарност.

Негативността на ума е като отрова

Негативността на ума е като отрова
Може да ви тласне към предателство
За да извършите престъпления, ще получите причина
Най-накрая ти кацнеш в затвора
Винаги внимавайте с негативните мисли
Негативността ще направи живота ви измерим
Нищо на света няма да носи удоволствие
Само грижите на живота ще станат видими
Семейният и социалният живот ще станат ужасни
Без щастие и мир животът ще се осакати.

хумор

Неразделна част от човешкия живот е хуморът

Без хумор животът ще бъде като тумор

Всеки ден няма нужда да се превръщаме в бегач

Но за храна трябва да работим през лятото

Хуморът мотивира работата да бъде удоволствие

Известно количество хумор е необходимо в живота

Иначе винаги се карайте с красивата си жена

Хуморът може да промени грозните ситуации в смях

Въпреки че повечето шеги са фалшиви и блъфиращи

И все пак в ежедневието хуморът прави нашите неща вкусни.

Червено вино (посветен на Деня на червеното вино)

Червеното вино винаги е добре
Вземете го преди вечеря
С уиски не се подравнявайте
Червеното вино е направо бор
За червено вино знак с палец нагоре
Червеното вино е добро за сърцето
Две клечки правят сърцето умно
Червеното вино може да почисти мръсотията от кръвта
Във всяка партия е добро начало
С красиви дами можете да флиртувате.

Белег

Белегът е белег, останал в телесната тъкан

Физическият белег е медицински проблем

За да излекуват ранен, лекарите трябва да се сблъскат с война

След операцията белегът остава като звезда на успеха

Понякога бяха необходими години, за да се отървем от белега

Психичните белези са трудни за виждане, човек може само да ги усети

Така че, много трудно да се прилага лекарство и да се лекува

Душевните си белези можеш само да премахнеш и обелиш

За премахване на душевни белези е трудно да се сключи сделка

За да забравите миналото, по-добре е да премахнете белега и да платите сметката.

Нова Индия

Имало едно време Индия си е била самодостатъчна

Разединението между феодалните крале стана недостатъчно

Кастовата система разделя хората и ги прави неефективни

Атаката и окупацията на Индия от нашественици е уместна

За всичко Индия става зависима от другите

Нова Индия сега върви напред с решителност

За независима Индия няма ограничение

Силиконовата долина сега е под индийско господство

За самодостатъчни имаме смело младо поколение

Всички граждани трябва да работят усилено, за да направят Индия развита нация.

Гражданите трябва да бъдат ефективни

Да станеш самодостатъчен
Гражданите трябва да бъдат ефективни
Трябва да намалим населението
С огромно население няма решение
Всички усилия ще отидат за разреждане
Самозадоволяването с храна не е достатъчно
Качественото образование за всички е трудна цел
Без добро здравеопазване животът е тежък
С милиони безработни
Да им се даде работа не е лесно.

Върховната истина

Смъртта е върховната истина
Но понякога е рут
Когато загубихме близки и скъпи
Осъзнаваме страха от смъртта
И все пак посланието е ясно
Без смъртта животът не съществува
На истината от последна инстанция не можем да окажем съпротива
Парите, богатството, славата са временни
За живота е необходимо добро здраве
Последното пътуване винаги е самотно
Проливаме сълзи за загиналата душа
Но докато живеете, никога не мислете за живота като цяло
Повечето хора пренебрегват здравето заради алчността си
Имаме ограничени нужди от здравословен живот
В погребалния марш моля за ограничаване.

Излезте от зоната на комфорт

Научете се да бъдете ефективни
Станете си самодостатъчни
Животът ще бъде великолепен
Упоритата работа е уместна
Индия ще бъде самостоятелна
Благотворителността започва вкъщи
Изграждането на Рим отнема време
Всичко, което не можете да увеличите
Излезте от комфортната стая
Със сигурност Индия ще процъфти.

Не ровете твърде много в историята

Не ровете много в историята
Може да изпуснем автобуса
За развитие нека бързаме
Историята може да има мръсен прах
Под гробищата нека ръждясват;
Отрицателната история създава вражда
Сега имаме нужда от социална почтеност
Модерното мислене дава солидарност
Мирът и единството могат да дадат просперитет
От историята да се учим на човечност.

Борбата трябва да продължи след смъртта

Когато една млада душа си отиде внезапно
На своя близък остави болезнено бреме
Децата стават безпомощни без настойник
Животът е пълен с несигурност и изненади
Все пак трябва да мечтаем за ново предприятие
Продължаваме напред, забравяйки смъртта и болката
Животът в този свят се развива като верига
Някои твърде бързо падат в хлъзгавия канал
Други се движат напред с гръмотевици и дъжд
Основен е духът за борба и инстинктът за оцеляване.

Мислете с чист ум

Когато мислим с чист ум

Най-добрият път, който лесно можем да намерим

За унизените не бъди сляп

По време на пътуването винаги се опитвайте да бъдете мили

С любов всички трябва да обвържем;

Всеки ще стигне до дестинацията

Насладете се на пътуването с удовлетворение

Кавгата, егото няма да дадат никакво решение

Дръжте всички негативни сили в хибернация

В гробището всички ще получат една и съща идентификация.

Продължете пътуването с усмивка

Продължете пътуването на живота с усмивка
Никой на пътя няма да стане враждебен
Непознатите също ще бъдат много послушни
С гняв никога не се дръжте непостоянно
Гневът ще ви направи пътуването крехко
Smile може да се разпространява безплатно
Дори да дадеш повече нищо не си загубил
Но гневът и кавгата са като призрак
Те ще ви принудят да станете печено
Хората най-много не харесват свадлив мъж.

Направете свой собствен реинженеринг

Никога не съм мислил, че животът ще има принудително кацане

Слава Богу, няма какво да плащам

Много хора не могат да стоят

Виждайки мизерията сърцето сега гори

Като сухи листа пада бъдещето на младия човек

За всеки двайсет и двадесет е повратна точка

Смъртта в света на Covid19 все още се брои

Никой не знае кога нормалното състояние ще се върне

За бъдещия си живот се занимавам с реинженеринг

Ако не мога да летя отново, ще започна да бягам по-бързо.

Далеч от безумната тълпа

Далеч от лудата тълпа
Погледнете небето и облака
Ще разбере, че животът също е кръгъл
Гордейте се с добрите си работи
Можете да изчистите съмнението си
Не тръгвайте по грешен път наоколо
Ако някой наблизо извика
Той ще чуе гласа ви, ако е силен
От гората феята може да не излезе
Избягвайте хората, ако той се съмнява.

Изповед

Когато правиш истинска изповед
Животът ще ви даде добра отстъпка
Можете да преодолеете умствената рецесия
За изповед не е нужно разрешение
Но за много проблеми това е решение
За изповед отидете при вашия ментор
Понякога той може да бъде ваш адвокат
Или той може да бъде директор на вашата компания
Изповед в църквата Исус ще наблюдава
В живота изповедта винаги е добър вектор.

Не харесвам суеверията

Не харесвам нито една религия
Но не харесвам суеверията
Средновековното мислене се нуждае от подмяна
Неравенството между половете е по-лошо от проституцията
Суеверието е пречка за много решения
Основните ценности на религията не трябва да се променят
Чрез реформи добрите неща да се управляват
За този религиозен лидер е необходима смелост
Православните винаги ще се опитват да саботират
Но либералните хора по света ще насърчат.

Без диктат относно облеклото

Без диктат относно облеклото

Трябва да е като преса

Винаги се опитва да впечатли

Съпругата не може да остане с любовницата

Съпругът ще бъде изправен пред беда

Моногамията е добра за човечеството

Можем да намерим решение за контрол на населението

Към малкото им деца мъжът ще бъде мил

Образование на дъщеря никой няма да има нищо против

Безплатен смел нов свят, който ще разпуснем.

Бог не е чул нашите молитви

Бог не е чул молитвата
Така че все още Corona е тук и там
От ден на ден се увеличава слоят
Лекарството и ваксината са рядкост
От страна на Бог това не е справедливо;
Молитвата никога не може да излекува болестта
И все пак в употреба от незапомнени времена
По време на пандемия Бог махни предпазителя
Защото бремето става огромно
Молитвата сега е само за самозабавление.

Изпитание на времето за човечеството

Корона е възможност за нов световен ред

Съхранявайте всички религиозни разделения в резервна папка

Бог сега слуша всички домашни молитви

За религиозните оттенъци и плач това е Божият отговор

Нов ред, Бог със сигурност ще благослови с душ

С Corona Бог тества честността на човечеството

Така че всички хора трябва да проявят солидарност

Бог няма да ни извини, ако проявим неискреност

Този път да работим над религията с единство

Ще тръгнем към унищожение, ако не покажем искреност.

Нова недосегаемост

Корона наложи нов тип недосегаемост

Със страх животът сега е пълен с несигурност

Всеки се страхува от положителността на другите

Съмнителна става почтеността на всеки

По-добре да живееш сам вкъщи в изолация

Недосегаемостта ни принуди да използваме маска

Без дезинфектант не можем да изпълняваме ежедневни задачи

По улиците невъзможно да разпознаеш скъпия

Дните на прегръщане на приятели с възгласи отминаха

Животът вече не е изпълнен с вълнение и забавление.

Мрачният свят

Светът е мрачен от страхове
В клуба не можем да викаме наздраве
В смъртта можем само да проливаме сълзи
Никой няма право да прегръща скъпа
Не можем да приближим болните
Това не е светът, в който живеехме
Дори целувка на любим човек не можем да дадем
Ако промяната е винаги за по-добро утре
Не искаме да продължаваме в скръб
Боже, не прави живота ни завинаги тесен.

Ще се върнем

Испанският грип не можа да унищожи хума расата

Covid19 може да бъде ограничен, ако покрием лицето

Световните войни също не можаха да изкоренят нашата база

За сравнение Corona е по-малък корпус

Скоро Covid19 ще отиде на страницата с историята

Човешката раса е дошла чрез еволюция

Човечеството може да се изправи пред всяка трудна ситуация

Способен е да намери правилното решение

Изобретяването на ваксината срещу Корона вече е решение

Обществото ще се върне към положението преди Covid19.

Учител

Знанието е сила, така че учителите са кула
Без учител знанието не може да лее
Учителите разпространяват знания в обществото
Да уважаваме учителите е задължение на всеки
В живота знанието е най-важната красота
Без знание с очи сме слепи
Два пъти хранене няма да можем да намерим
Към идиотите светът не е никак мил
Учителите зареждат софтуер в нашия хардуер
Без софтуер използването на мозъка ще бъде рядко.

Преподаване

Учителството е една от най-добрите професии

Ако решите да преподавате, това е добро решение

За да станеш добър учител, ти трябва визия

Към обществото можете да дадете положителен принос

Успехът на вашите ученици е вашата комисионна

Да станеш добър учител е социално отличие

Учителите могат да работят за интеграцията на човечеството

От незапомнени времена учителите са почитани

Към вашите учители винаги се опитвайте да бъдете учтиви и смирени

В индийските култури учителите се смятат за почитатели.

Грешка и провал

Грешката и провалът са добър учител

Това прави вашето представяне по-добро

Ако се учиш от грешките, не ги повтаряш

Провалът прави вашето преживяване пълно

При следващия опит няма да приемете поражението

Животът не е три часа преглед

В последния опит може да получите оценка

Опитът винаги ще помогне за по-добро решение

Заради провала никога не размивайте решимостта си

Грешка и провал са добра учебна комбинация.

Не пропилявайте подаръка си

За миналото и бъдещето не губете настоящето

Настоящето е вашият действителен момент

Игнорирайте всички предишни коментари

Помислете за миналото след пенсиониране

Да направим бъдещето по-добро, настоящето е важно

Настоящето е много кратко и моментно

Миналото винаги ще идва като комплимент

Бъдещето е несигурно като печалба от лотария

За да се насладите на живота днес, ударете топката над границата

Красиво ще бъде пътуването на живота, а не затруднения.

Арогантност

С арогантност не можете да създадете романтика

Арогантността ще намали ефективността ви

От вас хората ще поддържат дистанция

Приятелката ще ви окаже пряка съпротива

Във вашия живот романтиката няма да съществува

Арогантността прави хората непопулярни

Вашият живот и визия може да се превърнат в биполярни

Положителното отношение, арогантността ще попречи

Негативността ще ви удари

Избягването на арогантността ще направи живота по-прост.

Бъдете смирени

Бъдете винаги смирени
Животът с егото е ужасен
Навсякъде, за да се сблъскате с проблеми
Топката, която не можеш да дриблираш
Горчива ще бъде вашата ябълка;
Скромните хора могат да се приспособят
С екип се движат бързо
Лесно премахват праха
Тяхното приятелство винаги трае
Добро впечатление правят.

Ретроспекция

Понякога трябва да погледнем назад

Това ще направи бъдещите ни действия перфектни

За добро решение ретроспекцията може да повлияе

Можем да играем дълго, без да губим уикет

Вече няма да бягаме, за да вземем безплатен билет;

Ретроспекцията ни дава ценна мъдрост

Така че, опитайте се да направите произволна ретроспекция

За да се предотврати грешка, работи като презерватив

Ретроспекцията е самокритика за високи постижения

Това ще помогне за по-добро представяне.

Опресняване и подновяване

Не само обновяваме компютъра си
С времето обновяваме нашия софтуер
Word star, използван за писане, сега е рядък
Никой хардуер не остава с нас завинаги
Имало едно време там перфокарта
Като опресняване на компютъра и обновяване на ума
Красив нов свят, който лесно ще намерите
Към умствения вирус никога не ставай мил
Много ценни данни ще изтрие и ще премахне
За да седите мълчаливо, умът трябва да бъде присвоен.

Мъжкият е умиращ вид

Мъжката сперма е най-неефективното нещо

За да оплодиш яйцеклетка, трябва да донесеш милиони

И така, мъжът е умиращ вид в природата

В историята на времето мъжете ще видят мрачно бъдеще

Доминирането на мъжете ще бъде примитивна култура

Защо природата е направила спермата толкова неефективна е мистерия

В ефективните неща в природата винаги стават история

Функцията на мъжката сперма в природата е второстепенна

За природата яйцето и майчината утроба винаги са първични

Сред милиони сперматозоиди най-силният е единичният.

Android

Ние идваме на света за ограничен период от време
Слава Богу, той ни изпрати андроид
Със сензорен екран можем да видим света
Всяка информация от света е в нашите ръце
В новото общество android е наистина смел;
Без android много неща ще останат неразказани
Много информация ще отиде в зимен сън и студ
За добра причина, с android телефони се продават
За съвременния живот смарт телефоните са по-добри от златото
За хората, един смел нов свят, android се разгъна.

Google

Това, което Google не знае, не е знание
Превъзходството на Google всички признават
За всички познания Google вече е превозвач
Google управлява всяка информация много гладко
При разпръскването на знания Google има
привилегия
Google вече е учител, лекар и над Бог човек
Всеки шофьор по света вече е фен на Google
Само чрез Google вече можем да търсим в рая
Google не вярва в каста, вяра, религия или расизъм
С монопол Google не трябва да бъде нов център
на фашизма.

Обичам своя смарт телефон

Обичам своя смарт телефон
Сега аз не съм сам
Това е моят социален гръбнак
Мога да слушам и любима мелодия
Със смартфон съм в зона на комфорт
От ресторанта мога да поръчам храна
За пазаруване също е много добър
Смартфонът е винаги в весело настроение
С мен никога не се държи грубо и грубо
Помага ми по всякакъв начин, докато батерията издържа дълго.

Спокойствие

В живота се опитайте да имате спокойствие

Това ще подобри чистотата на ума

Можете да се движите с достойнство

Хората ще уважават почтеността ви

С любов обществото ще прояви солидарност

Можете да приемете неща, които не можете да промените

По по-добър начин можете да управлявате живота си

Широка ще бъде вашата визия и работен диапазон

В живота можете да сте способни да се изправите пред предизвикателства

Времето ще напише за вас красива страница.

По-голям проблем, по-голяма награда

Колкото по-голям е проблемът, толкова по-голяма е наградата

Разрешете проблемите и продължете напред

Във всяко решение има добра награда

Ако не се движиш, ще станеш страхливец

Животът ще ви лиши от всякакви награди;

Препятствията са на пътя, за да тестват нашата ефективност

С практика можем да премахнем нашия дефицит

Не се отказвайте, ако сте се провалили при първия опит

Ако не опиташ втори път, цял живот ще се разкайваш

Успехът и наградата със сигурност ще допълнят усилията.

Добре дошли

Посрещайте гостите с усмивка
Може да е с неизвестен профил
Но не бъдете враждебни към него
Може да носи важен файл
Никога не посрещайте с омраза и жлъч;
Винаги приветствайте приятелите си у дома
Сервирайте им чай и кафе в стаята си
С приятели вашето щастие ще процъфтява
Сутринта показва деня, който всички познават
С усмихнато добре дошли отношенията протичат.

Вие сте добре дошъл

Добре дошъл си, скъпи приятелю

За да ви посрещнем, организираме група

Партито е организирано, за да ви посрещне

Добре дошли, тъй като сте един от малкото поканени

С добре дошли, ще срещнете нови приятели

Без усмивка посрещането е непълно

Храната и напитките не могат да направят купона пълен

Някой, когото трябва да посрещнете с гирлянд

Младоженците се посрещат с оркестър

Дръж вратите си отворени, за да посрещнеш приятел.

Никога не мислете, че сте слаби

По време на пътуването ви ще сложи спирачка

Поверителната информация никога не изтича

Вашите шансове за успех ще бъдат мрачни

Врагът ще се спусне надолу, преди да достигнете върха;

Слабостта на ума е разсейваща сила

Вашата физическа сила също ще бъде изтрита

Няма да можете да яздите състезателен кон

Мотивационните книги могат да укрепят курса на ума

За да премахнете умствената слабост, медитацията е добър източник.

Щастливите хора са късметлии

Късметлии са тези, които винаги са щастливи

Те могат да се усмихват, въпреки че пътят е неравен

Никога не си позволяват да бъдат глупави

Те могат да се усмихват, когато ресурсите са оскъдни

Те могат да се усмихнат, въпреки че къщата е затрупана

Щастливите хора могат да дадат щастие на другите

В благосъстоянието на другите те се радват на собствения си успех

Така умът им никога не изпада в депресия

Изглеждащите щастливи хора обществото се впечатляват

С щастливи хора винаги можете да напредвате.

Гледай си работата

Гледай си работата
Разбира се, ще видите успех
Ще бъдете заети за напредък
Други не трябва да впечатлявате
С фокус винаги впрегнете;
Игнорирайте всяка негативна критика
Някои хора са свикнали с цинизма
Враговете ще злоупотребяват чрез расизъм
Можете да видите дъгата във вашата призма
Винаги проповядвайте за хуманизъм.

Всеки не може да се справи

Когато си влюбен
Летете в небето и нагоре
Пълната луна е толкова близо
Приятелката е много скъпа
Никой в света, от когото да се страхуваш
Но понякога любовта е крехка
Защото човешкият ум е непостоянен
Емоцията в любовта не е проста
Не всеки може да се справи
За някои любовта лесно се закопчава.

за автора

Деваджит Бхуян

ДЕВАДЖИТ БХУЯН, инженер, адвокат, консултант по управление и кариера, е роден в Тезпур, Асам, Индия, на 1 август 1961 г. Той завършва бакалавърска степен по инженерство (електричество) от инженерния колеж в Асам и впоследствие завършва диплома по индустриален мениджмънт от Международно задочно училище, Мумбай, LL.B. от университета Gauhati, диплома по мениджмънт от Open University Indira Gandhi и изпит за сертифициран енергиен одитор от Bureau of Energy Efficiency (BEE), Ню Делхи. Той също така е сътрудник на Института на инженерите (Индия), пожизнен член на Административния колеж на Индия (ASCI) и Assam Sahitya Sabha. Той има 22 години опит в сектора на петрола и природния газ и 16 години в управлението на образованието. Той е автор на 70 книги, публикувани от различни издателства, а именно Pustak Mahal, V&S Publishers, Spectrum Publication, Vishav Publications, Sanjivan Publications, Story Mirror, Ukiyoto Publishing и др. За да научите повече за него, моля посетете *www.devajitbhuyan.com*

www.ingramcontent.com/pod-product-compliance
Lightning Source LLC
LaVergne TN
LVHW091634070526
838199LV00044B/1064
* 9 7 8 9 3 5 9 2 0 9 6 1 6 *